UN ROMAN DE
~~LUCY ASTNER~~
BONNIE VAN CLOYD ☺
TRADUIT DE L'ALLEMAND PAR FLORENCE TRÉHOT

Une pour toutes,

toutes pour toi !

FLEURUS

Titre original : *Schwesterherzen*

Cet ouvrage a été proposé à l'éditeur français par l'agence EDITIO DIALOG, Lille.

FLEURUS

Direction : Guillaume Pô
Direction éditoriale : Sarah Malherbe
Édition : Claire Renaud
Fabrication : Thierry Dubus, Axelle Hosten
Mise en pages : Pixellence

www.fleuruseditions.com
ISBN : 9782215161929
Code MDS : FS61929

« Loi n°49-956 du 16 juillet 1949 sur les publications destinées à la jeunesse, modifiée par la loi n°2011-525 du 17 mai 2011. »

N° d'édition : J21062
Achevé d'imprimer en décembre 2020
par Rotolito en Italie
Dépôt légal : janvier 2021

PEFC
PEFC/18-31-103
Certifié PEFC
Ce produit est issu de forêt gérées durablement et de sources contrôlées
www.pefc.it

Les Éditions Fleurus utilisent des papiers composés de fibres naturelles, renouvelables, recyclables et fabriquées à partir de bois issus de forêts qui adoptent un système d'aménagement durable. En outre, les Éditions Fleurus attendent de leurs fournisseurs de papier qu'ils s'inscrivent dans une démarche de certification environnementale reconnue.

Coche la case qui te convient

DE TOUT TEMPS, j'ai souhaité avoir une sœur parce que …

- [ ] … je sens, depuis une éternité sans fin, que quelque chose de **SUPER IMPORTANT** manque à ma vie (en plus du dernier iPhone flambant neuf, d'un cheval rien qu'à moi et d'une invitation à la cérémonie des César).

- [ ] … en fin de compte, j'ai besoin d'une alliée qui irait jusqu'au bout du monde avec moi (et qui me laisse recopier ses exos de maths !!!).

- [ ] … je n'ai, pour le moment, que des frères ! Et qu'ils sont à peu près aussi sympas qu'un **hamster mort-vivant** à sept pattes, carnivore, avec un nez en patate collé au derrière ! Pouaaaaahhhh !!!

- [ ] … je voudrais enfin avoir quelqu'un à mes côtés qui explique à mes parents, que pour une jeune fille de douze ans, il n'est ~~pas~~ **ABSOLUMENT PAS ACCEPTABLE** de partager sa chambre avec son frère jumeau complètement débile (et qu'à douze ans, justement, on a déjà complètement besoin d'un portable! Mais vraiment!)

☐ … euh?! Une sœur?! En fait, je veux pas du tout de sœur. J'ai juste feuilleté ce livre parce que mes parents aimeraient que, de temps en temps, je me mette à lire quelque chose. Parce que sinon, moi, je suis scotchée à la télé toute la journée en m'enfonçant des cacahuètes dans le nez*…

* Petites remarques de Bonnie, l'auteure (très prochainement) de best-seller :

Crois-moi, quand tu auras lu ce livre, tu voudras **QUAND MÊME** une sœur! Parce que les sœurs, ça se serre toujours, toujours, TOUJOURS les coudes! C'est une sorte de loi de la nature, plus forte que le vent, que la grêle et que l'haleine fétide de Strounz, le prof de maths. Beurk! Et maintenant, pour ne pas t'envoler, fais attention à bien t'accrocher en lisant! C'est que *Une pour toutes, toutes pour toi*, ça dépote comme une tornade de force **SUPRAMIROBOLANTE**. Et Bam!

CHAPITRE 1

Qui je suis vraiment et ce qu'un cheval a à voir avec cette histoire

Tout a commencé parce que la vie, une fois de plus, était affreusement trop injuste ! En effet, si quelque part sur cette terre, il y avait ne serait-ce qu'une minuscule étincelle de justice, ma vie ressemblerait dans tous les cas à CELA :

- un cheval bien à moi dans le fond du jardin
- un OSCAR hollywoodien, brillant de mille feux, sur mon étagère
- et surtout ce serait une vie **SANS FRÈRES !!!**

Là, faudrait pas que vous me compreniez mal, je n'ai rien contre les gars. Hugo Hartmann de la 5e B, je le trouve même plutôt très mignon... *Mais chuuut, ne le répétez pas !!!*

Mais ce que papa et maman m'ont fait là, c'est tout simplement beaucoup trop ! Ce n'est pas un frère, ni deux, non : c'est **TROIS** frères que je dois me coltiner ! Et ils sont à peu près aussi agréables que le chou de Bruxelles est exquis. Pas vraiment miam-miam !

Mais bon, je devrais peut-être commencer par me présenter : Mon nom est Bonnie, j'ai douze ans (depuis deux semaines !) et je suis en classe de 6e au collège Mechtild-Meckermann.

Ce que je sais trop bien faire, c'est :

- écrire (c'est pour ça que j'ai été choisie, MOI, pour coucher notre histoire sur le papier, et pas Monti – qui ne sait même pas épeler son propre nom ! Ha !)
- me défendre contre Monti avec un spray boule-puante à l'œuf pourri si elle lit cela !
- fomenter des plans et battre le rappel pour rassembler une équipe clandestine super secrète.
- catapulter une cuillère de pudding avec une si grande précision que la bouillie chocolatée arrive exactement entre les yeux de mes frères. YES !!!

Ce que je ne sais malheureusement pas ~~du tout~~ bien faire, c'est :

- tout ce qui a à voir avec les maths et les chiffres supérieurs à trois (petite précision à l'intention de mes parents : si j'avais enfin un iPhone, je pourrais tout simplement utiliser la calculatrice ☺).
- ranger ma chambre et retrouver des trucs dont je savais encore hier **TRÈS EXACTEMENT** où ils se trouvaient…
- retenir mon souffle pendant toute une heure de maths, pour échapper à l'haleine monstrueusement nauséabonde de Stanislas Strounz. Beueueueueueurk !!!
- expliquer à mes parents que j'ai vraiment un besoin **PRESSANT** de posséder mon propre cheval pour avoir une enfance heureuse ! En effet, sans cela, je finirai plus tard en vieille femme solitaire vivant avec 72 chats sans poils et se nourrissant de boules de naphtaline ! Et ce n'est vraiment pas le genre de chose qu'ils peuvent me souhaiter, n'est-ce pas ?!

Et avec tout ça, voilà qu'on en arrive déjà à l'élément déclencheur de toute cette histoire.

Non, non, pas de soucis, je n'ai encore jamais avalé une boule de naphtaline en entier (je l'ai juste léchée vite fait, parce que j'avais perdu un pari complètement craignos – pouarrrrkkk!!!).

Ce dont il s'agit, c'est du cheval.

Ben oui, je souhaite avoir mon propre cheval depuis à peu près autant de temps que j'espère voir tomber mes zinzins de frères dans une fontaine magique pour en ressortir transformés en filles. Donc quasiment **DEPUIS TOUJOURS!**

Bêtement, jusqu'ici, je n'ai pas encore réussi à persuader ma mère de la nécessité ~~vraiment immense et impérieuse~~ dans laquelle je me trouve. Quand j'aborde le sujet, maman se braque tout simplement **À CHAQUE FOIS** de façon complètement psychorigide. C'est typiquement ma mère...

– Je ne connais aucune jeune fille de ton âge qui ait son propre cheval! a-t-elle rétorqué, un lundi matin, il y a quelques semaines, alors que je clignais des yeux dans sa direction, d'un air implorant, en lui lançant **le plus mignon-mignon de mes regards**.

– Moi non plus, je ne connais aucune jeune fille de mon âge qui ait TROIS frères! ai-je riposté en poussant, par précaution, un grand soupir PLEIN de douleur. Ce serait juste équitable que, pour une fois, j'ai de la chance, tu ne trouves pas ?

Mais maman, qui préparait mon sandwich pour midi, s'est contentée de secouer la tête en y collant une tranche supplémentaire de saucisson **À LA PISTACHE TOUT VISQUEUX**. Beurk...

– Oublie cette idée, Bonnie. De toute façon, où est-ce qu'on caserait un cheval ici ?

– Dans le jardin.

– Mais nous n'avons pas de jardin !

– On pourrait **déménager**, ai-je proposé en lui faisant un sourire tout mielleux pour l'amadouer. Comme ça, j'aurais aussi ma **PROPRE** chambre.

Maman a juste levé les yeux au ciel en fourrant ma boîte à pique-nique dans mon sac.

– C'est bon ! ai-je protesté en ressortant la boîte du sac pour extirper du pain la tranche de charcuterie visqueuse. Beurk ! Explique-moi donc, comment est-ce que je pourrais me développer de façon normale, si je me trouve toujours du côté obscur de la vie ? Alors que toi-même, tu le dis toujours : pour que ce soit équitable, chaque enfant a droit à une **vraie chance** !

C'est que ma mère est enseignante. Et en plus, dans mon collège. (Est-ce que j'avais déjà évoqué le fait que la vie était VRAIMENT affreusement injuste ?!) Et de fait, maman est compréhensive envers (presque) tous les élèves. **SAUF ENVERS MOI** ! Grrrrmpf.

– Ce n'est pas parce que tu n'as pas de cheval que tu te trouves d'un quelconque côté obscur, loin de là ! a-t-elle affirmé en dressant en l'air un doigt professoral pour me rappeler à la raison. Regarde ton père ! Enfant, il n'avait pas d'animaux non plus, et il est quand même devenu quelqu'un !

À ce moment-là, comme sur commande, mon père est apparu d'un coup à la porte de la cuisine. Et à part sa culotte de cuir traditionnelle du Tyrol, tendue sur son ventre et son postérieur comme un gant en caoutchouc super super serré, il était **torse nu** – et maman plutôt décontenancée. Hi hi.

– Willem, tu n'aurais pas... des tranches de pâté de foie sous les yeux ?!

Papa a hoché la tête et glissé les doigts sous ses bretelles d'un air satisfait.

– J'ai entendu dire que le pâté de foie était bon contre les cernes. La semaine prochaine, quand je serai de nouveau devant les caméras, je dois avoir l'air **en super forme**. Je crois que cette saison, mon personnage va prendre de l'épaisseur et devenir un vrai rôle principal ! *Ben voyons...* !

Naturellement, je n'ai pas pu me retenir et me suis mise à rire à gorge déployée.

– Papa, si tu fais une apparition devant les caméras dans cette culotte de cuir, ton rôle sera, tout au plus, celui d'un gros lourdaud !

Ce que vous devez savoir, c'est qu'en effet, mon père est **vraiment un acteur célèbre** ! Enfin, il n'est pas encore si célèbre que ça, pour le moment. Sauf que ce n'est pas dû à son talent, mais au fait que celui-ci soit « systématiquement sous-estimé ». *C'est ce que pense papa en tout cas...*

Il a quand même un rôle depuis deux ans dans « La garçonne du Mont Kouglof », une série des alpages qui cartonne à fond. Malheureusement, il n'a pas obtenu le rôle principal, mais il joue le garçon d'écurie du voisin de la cousine du remplaçant du concierge du personnage principal – et c'est déjà un rôle important ! C'est pour ça que papa n'a ~~que très peu~~ **ABSOLUMENT PAS** le sens de l'humour quand il s'agit de son boulot !

Ou de son rôle de gros lourdaud. C'est typiquement mon père…

Donc ce matin-là, je n'ai même pas essayé de le faire pencher de mon côté, pour m'aider dans cette histoire de cheval. Au lieu de quoi, j'ai décidé de prendre moi-même les choses en main et de chercher un petit boulot ! Basta !

Mon idée était en effet aussi bête que géniale : quand j'aurai assez d'argent, je pourrai **TOUT SIMPLEMENT** m'acheter **UN CHEVAL** et personne ne pourra rien y redire ! Nananère !

~~CHAPITRE~~ 2

Bébé barbu

Aussi ai-je dû réfléchir ~~super longtemps~~ PAS LONGTEMPS DU TOUT pour trouver le petit boulot qui m'irait. Pour donner des cours de soutien en maths, je ne faisais malheureusement pas l'affaire... Et je ne voulais pas aller promener des chiens. (Car je n'avais absolument pas la moindre envie d'aller dans les buissons à la pêche aux crottes puantes avec des sacs en plastique. Beurrrrk!)

Non, il n'y avait qu'un petit boulot pour lequel j'étais mieux placée que n'importe quel autre élève de sixième de cette vaste planète et c'était:

BABY-SITTER!

Car entre nous: quiconque a survécu à **TROIS** frères ne pourra que s'en tirer sans aucun problème avec un seul et minuscule petit bébé, non?!

Tout juste ! Et c'est pour ça que, dans la foulée, j'ai **collé** sur disons quasi ~~presque~~ tous les lampadaires du quartier une petite annonce ~~trop chouette :~~

Jeune fille (12 ans, bientôt propriétaire
d'un cheval, très maline et mignonne)
cherche un job de baby-sitter.
Je suis ~~la plupart du temps~~ TOUJOURS
très sympathique et j'ai de l'expérience
avec ~~les enfants insolents, chiants~~
~~et insupportables~~ trop choux.
PS : J'accepte MÊME les garçons !!!
Merci d'appeler chez BONNIE VAN CLOYD -
mais pas sur le portable,
parce que je n'en ai TOUJOURS PAS !

Ensuite, sous l'annonce, j'ai noté notre numéro de fixe. Ce qui était, bien sûr, une idée idiote... *Snif*.

Nous sommes, en effet, sur cette terre folle à lier, quasiment la seule famille qui ne possède PAS de téléphone sans fil qu'on peut balader avec soi partout, non.

Notre téléphone est FIXÉ au mur près de la porte de la cuisine ! C'est complètement idiot !

Papa pense qu'ainsi, il est si inconfortable de passer un coup de fil qu'on écourte le plus possible les conversations et qu'on économise des sommes incroyables. (Et pourtant, j'ai déjà essayé dix-sept millions de fois de lui expliquer ce qu'est un ABONNEMENT INTERNET ILLIMITÉ ! Aaaaaah !!!)

Bref, en tout cas, il a raison de dire que c'est **inconfortable**. Parce que j'ai dû rester à côté du téléphone ~~environ~~ au moins une semaine en attendant qu'enfin la mère de Nouca téléphone pour m'engager comme baby-sitter.

Nouca a douze ans elle aussi, elle ~~pèse environ deux cents kilos~~ adore manger de la **tarte à la crème** et elle est dans ma classe.

Sa mère n'a évidemment pas appelé pour que je garde Nouca, mais son tout petit frère.

– Ricky est un enfant incroyablement facile, sauf s'il a **FAIM**, s'il a une couche **UN PEU PUANTE** ou le sentiment qu'on ne lui accorde pas assez d'**ATTENTION**, me dit Madame Leipolt à la porte de chez nous en me collant un bon ~~gros~~ bébé, le petit frère de Nouca, dans les bras. Pouf !

Il ne faut en aucun cas le quitter des yeux, tu m'entends ? En aucun, aucun cas ! Même pas une minuscule petite seconde !

Une fois la porte entre nous complètement refermée, me vint soudainement à l'esprit la question de savoir pourquoi, au juste, Nouca ne voulait pas garder son petit frère ; bon, il y avait quand même VINGT EUROS à gagner...

L'instant d'après, Ricky s'est mis à crier. Et tout à coup, la raison pour laquelle Nouca ne voulait rien à voir avec cette affaire devint **PLUS QUE CLAIRE** : le petit Ricky était en effet une

MONSTRUEUSE MACHINE À HURLER,
DIGNE D'UN FILM D'HORREUR !!!

Connaissez-vous le bruit que fait une scie circulaire, lorsqu'elle essaie de mettre en pièces un **poteau en acier**, que des étincelles jaillissent de partout et que vous avez le sentiment qu'un ~~pétard de taille moyenne~~ MAXI-PÉTARD ultra-dangereux va vous perforer le tympan ?!

C'est ~~à peu près~~ le bruit que faisait Ricky !

Pendant une heure, j'ai essayé de le calmer, mais il criait… criait… et **CRIAIT SANS CESSE !!!**
Désemparée, j'ai couru dans le bureau de ma mère qui s'est contentée de lever les yeux au ciel d'un air plus professoral que jamais. Tss.
– Ah ben voilà, Bonnie, tu voulais absolument un job. Assume maintenant, il faut boire la coupe jusqu'à la lie ! Ça fait partie du deal quand on veut être adulte…

Bla-bla-Błaszczykowski[1] !

À ce moment-là, j'aurais trop aimé pouvoir lui balancer une bonne phrase de prof, super intelligente, pour lui expliquer en quoi ce gigotant système d'alarme n'avait **RIEN** à voir avec le fait « *d'être adulte* » - mais rien, tout simplement rien, ne me vint à l'esprit. Crotte alors ! De toute façon, avec Ricky qui braillait à pleins poumons, elle ne m'aurait sans doute pas comprise…

– Est-ce que tu accepterais, au moins, de le surveiller quelques secondes pour que je puisse aller rapidos aux toilettes ?! lui ai-je crié. Magnanime, elle a enfin hoché la tête. Hourra !

---

1 Jakub **Błaszczykowski** : Footballeur polonais ayant longtemps joué en Allemagne et capitaine de l'équipe nationale de Pologne.

– Pose-le derrière sur la couverture ! Mais dans deux minutes, tu es de retour, **compris** ?

Ben, ma vieille ! Je ne me souviens pas avoir **JAMAIS ÉTÉ SI HEUREUSE DE MA VIE** d'être assise sur les toilettes. En fait, mon envie ~~de faire pipi~~ n'était pas ~~vraiment~~ si pressante, mais maintenant chaque seconde passée sur la lunette des toilettes me paraissait supra méga fantastique ! Tschikiboumkiboum !

Encore mieux, je me suis rendu compte tout à coup que :

Ricky avait cessé de crier !

Est-ce que Maman aurait réussi à le calmer ? Ou aurait réussi à le faire DORMIR ?!

Pitié Pitié Pitié Mon Dieu Qui Êtes Aux Cieux Faites Que Le Petit Braillou Soit Endormi !!!

Quoi qu'il en soit, **rapide comme l'éclair**, j'ai remonté mon pantalon et suis sortie frétillante de la salle de bains.

Mais un regard dans le bureau a suffi à me faire comprendre immédiatement que quelque chose clochait VRAIMENT. En effet, ma mère n'était plus du tout assise à sa table de travail. Par contre, mes débiles de frères, **complètement tarés**, gloussaient et se bousculaient pour sortir de la pièce avant de s'enfermer vite fait bien fait dans la chambre de Vito.

En apercevant Ricky, j'ai compris pourquoi ils avaient préféré barricader la porte derrière eux. Le petit frère de Nouca avait bien arrêté de pleurer, oui, mais son visage était désormais décoré d'une éclatante BARBE NOIRE dessinée d'un trait épais au MARQUEUR INDÉLÉBILE – et cela, en plein milieu de son visage tout baveux !!!

CHAPITRE 3

Qu'on m'apporte une sœur ! Ou encore mieux, directement une meute entière de sœurs !!!

– Ils ont dessiné une ***barbe*** sur le visage du frère de Nouca ?!

Quand j'ai raconté l'incident, les lunettes de Smilla lui sont presque tombées du nez. Boum.

J'ai plissé les yeux.

– Avec un marqueur !!! J'ai frotté pendant deux heures pour essayer de le débarbouiller. Mais il n'y avait **CARRÉMENT RIEN À FAIRE, RIEN !**

Smilla a avalé bruyamment sa salive. Sa gorge était probablement aussi desséchée qu'un désert de sable super super brûlant.

– Et... la mère de Nouca ?

J'ai croisé les bras sur la poitrine d'un air renfrogné.

– Elle m'a dit que je pouvais évidemment faire une croix sur mes vingt euros ! Et je me suis pris une **méga engueulade, trop craignos** ! Et pourtant, je ne suis pas le moins du monde responsable de toute cette histoire ! C'est comme ça !

Compréhensive, Smilla a hoché la tête.

– Bien sûr que non. Ta mère avait accepté de le surveiller. Et ce sont tes frères - franchement plus bêtes que la moyenne - qui ont dessiné la barbe. Tu es très clairement innocente de ce dont on t'accuse, **sur tous les points !**

– C'est ça !

Il y avait enfin quelqu'un qui me comprenait ! Soulagée, je me suis laissée aller et me suis enfoncée dans le tapis à frou-frou de Smilla...

Ce que vous devez savoir, c'est que Smilla est ma **super-méga-MEILLEURE-amie-du-monde-et-de-toute-la-terre-entière.** (Donc ma S.M.M.A.D.M.E.D.T.L.T.E. !)

Et en plus, elle est maline. Pas juste « un petit peu maline », ni « plutôt maline », non : elle est TERRIBLEMENT MALINE ! Un cerveau sur pattes en quelque sorte. Si vous cherchez le mot « cerveau » dans un dico, vous tomberez assurément sur la photo de Smilla ! Mais vraiment !

Elle est tellement maline, qu'elle a sauté une classe il y a deux ans. Pour moi, c'est phénoménal, le **gigantissime coup de bol** ! Parce que, sans cet épisode, Smilla ne serait absolument pas dans ma classe et elle ne pourrait pas être ma S.M.M.A.D.M.E.D.T.L.T.E. ! Et je n'aurais personne sur qui copier pour les devoirs de maths ! Et personne pour me dire qu'**UNE FOIS DE PLUS**, je ne suis **PAS RESPONSABLE** de toute l'injustice qui s'abat sur moi ! *Oui, Madame !*

Malheureusement, le fait que Smilla a sauté une classe a aussi des côtés qui sont ~~méga-embêtants~~ pas si top que ça :

1. Smilla n'a que dix ans, 11 mois et trois jours – et quels que soient ses efforts : elle est toujours **la plus jeune** et **la plus petite** de la classe ! *C'est vraiment trop naze !*

2. Ce que Smilla a EN TROP, son frère l'a EN MOINS. (Ça signifie, pour parler clairement, que Léo Kowalke est à peu près aussi malin qu'une tranche de pain blanc. *Donc carrément pas du tout !*)

3. Smilla est dans **la même** classe que son frère. Ce qui veut dire que, moi aussi, je suis dans **la même** classe que son frère ! *(Ai-je déjà évoqué le fait que Léo Kowalke est ~~aussi bête que~~* moins

intelligent que les tartines de pain de son sandwich ?)

4. Parfois, Smilla est si maline, qu'au fond, je n'ai ~~qu'une toute petite idée~~ pas la moindre idée de ce dont elle parle vraiment… (Alors je hoche simplement la tête et fais comme si j'allais tout juste dire exactement la même chose qu'elle ! Mais chuuut ☺)

Cette fois-là, exceptionnellement, c'était Smilla qui n'avait PAS LA MOINDRE IDÉE de la façon dont on pourrait résoudre cette histoire de barbe au marqueur.

Le regard perdu dans ses pensées ultra-méga-profondes, elle s'est affalée à côté de moi dans le tapis à frou-frou.

Ce que vous devez aussi savoir, c'est que le tapis à frou-frou de Smilla est ~~vraisemblablement~~ à coup sûr le tapis le plus cool du monde ! Quand on s'allonge dessus un moment et qu'on se relève, on a les cheveux dressés en l'air, comme si on avait mis les doigts dans la prise. (Merci de ne ~~pas~~ tester EN AUCUN CAS cette histoire de doigts dans la prise !!!) Après cela, on peut, en outre, distribuer des décharges électriques et c'est ainsi qu'apparaissent **LES MEILLEURES DES IDÉES MÉGA-BRILLANTISSIMES** ! *Je vous jure* !

Maman pense malheureusement que le tapis de Smilla est « la pire des camelotes en polyester du monde » et ne veut donc pas m'en acheter... *C'est totalement injuste*!!! Et pourtant je suis ~~presque~~ **tout à fait sûre** que le tapis à frou-frou est la raison pour laquelle Smilla réfléchit **PLUS VITE QU'UNE FUSÉE** ! *Oh que oui* !

Et en effet, au moment où je me suis relevée, rechargée par le tapis en peluche, m'est venue à l'esprit la pensée la plus géniale du monde depuis l'invention de la brosse à dents électrique :

– J'ai besoin d'une sœur ! Ou encore mieux, directement d'une meute entière de sœurs !

Smilla m'a regardée comme si je venais d'avaler un ver de terre vivant et super glissant.

– Tu veux que tes parents aient **ENCORE PLUS** d'enfants ?! D'un air hyper grave, elle a rajusté ses lunettes, les yeux papillotants. *Clignoti-clignota*.

– Tu comprends bien que le risque statistique s'élève à *cinquante pour cent* lors de la fusion en un zygote d'un ovocyte avec un spermatozoïde porteur d'un génome masculin ?!

Visiblement, à cet instant, ma figure ressemblait à un énorme HEIN ?!? car sans que j'ai besoin de dire quoi que ce soit, Smilla a commencé à traduire la phrase pour moi :

– Bonnie ! Il est très très probable que tu te retrouves avec UN FRÈRE DE PLUS ! ! !

Et en disant cela, sa voix a pris des accents ~~presque un peu~~ affreusement hystériques…

J'ai secoué la tête.

– Tu es folle ?!! Je ne veux pas que mes parents fassent encore plus de bébés. Cette histoire avec Ricky, ça m'a vraiment suffit ! Et comment !!!

Manifestement le tapis à frou-frou ne fonctionnait aujourd'hui que pour moi, car maintenant c'était à la figure de Smilla de ressembler à **un grand point d'interrogation**.

– Mais alors… comment veux-tu avoir une sœur ? Je me suis redressée d'un bond en essayant de ressembler à une de ces SUPER-HÉROÏNES SUPER COOL qui vient de sauver AU MOINS ~~TROIS~~ CENT chatons d'un immeuble en feu !

– Dis-moi donc, s'il te plaît, ce qui oblige une **sœur** à descendre des mêmes parents ?!

Smilla a froncé les sourcils.

– La situation juridique par exemple. Et la génétique...

– « Situation juridique ? » Tss ! Et je ne me suis jamais intéressée à quelque *gemnastique* que ce soit !

– **Gé-NÉ-tique** !, m'a corrigée Smilla.

– C'est ce que je dis ! ai-je rétorqué ~~à fond~~ **un tout petit peu,** genre Madame Je-sais-tout. Je suis sérieuse, Smilla : je ne vois vraiment pas pourquoi je ne pourrais pas avoir de sœur !

D'un air résolu, j'ai croisé les bras sur la poitrine.

– Si mes parents n'arrivent pas à me faire une petite sœur, alors je vais m'en procurer une par moi-même ! Puisqu'avec le cheval ça n'a pas marché d'emblée... Grrrrr.

Pensive, Smilla s'est installée en tailleur sur le tapis.

– Je ne sais pas, Bonnie. Tu crois qu'on peut se procurer une sœur juste comme ça ?

– Bien sûr ! Et j'ai roulé des yeux ~~tout à fait~~ un peu façon **donneuse de leçon**. Regarde les Amigos !

Il faudrait peut-être que je vous présente maintenant le groupe des Amigos, parce que, par la suite, ils vont jouer un rôle ~~énorme~~ minuscule dans cette histoire.

Mais avant tout : les Amigos ne sont **EN AUCUN CAS** des sœurs ! (Ce ne sont même pas des filles. *Malheureusement...*)

Le FC AMIGO, c'est le club de foot qui s'entraîne en fin d'après-midi sur le terrain de sport de notre collège.

S'il n'y avait que cela, ça ne serait pas grave, je n'ai rien contre le foot. *Sincèrement* !

Ce qui est terrible, c'est que quasiment **TOUS LES GARS NEUNEUS** du quartier y jouent !

Les gars qui appartiennent à cette bande de zozos sont :

- Vito, Néo et Luke, mes trois frères, tellement idiots que c'en est juste pas croyable
- Le frère de Smilla, Léo, bien moins intelligent que la moyenne
- Kolya, de la 6e C, con comme ses pieds
- Oscar Dombrowski, une vraie tête de veau (*son père est boucher* - Hiiiiiii !!!)

- Xavier Lindberg, Monsieur Je-sais-tout du lycée
- et un énorme tas, un gigantesque tas d'autres gros boulets...

Naturellement, il n'y a rien à redire au fait qu'un troupeau de gars **stupides** se réunisse pour envoyer un **stupide** ballon dans des buts **encore plus stupides**. Mais quand ces gars-là se serrent les coudes, non seulement sur le terrain de foot, mais aussi partout ailleurs pour co-réaliser toutes leurs ~~plus belles~~ âneries et comploter contre les filles, alors là, oh oui, **LÀ**, en revanche, on peut penser qu'il y a vraiment quelque chose à redire !!! Et pas qu'un peu !

– Les Amigos se serrent toujours les coudes ! ai-je expliqué à Smilla d'un ton décidé. Rends-toi un peu compte : Oscar s'en fiche complètement que Luke soit son frère ou pas. Ça ne l'empêche pas d'intervenir en cas de situation critique : si n'importe qui insulte son Amigo, il lui rentre dedans ! Et pour cela, ils n'ont pas du tout besoin d'avoir les mêmes parents !

Smilla a cligné des yeux en me regardant d'un air ~~très irrité~~ un peu irrité.

– Les autres, tu veux qu'on leur **rentre dedans** ?

J'ai levé les yeux au ciel super longtemps, au risque qu'ils restent alors coincés pour toujours dans cette position. Ça m'est égal !

– Mais non ! Je veux qu'on fasse pareil et qu'**on se serre les coudes** comme les gars ! Je veux que nous, les filles, on SE DÉFENDE et qu'on S'AIDE les unes les autres ! En tout lieu et à toute heure !

J'ai posé les mains sur les épaules de Smilla.

– Nous ne sommes peut-être pas des sœurs de sang, Smilla, mais des sœurs dans notre cœur !

Et je l'ai regardée alors bien au fond des yeux en souriant béatement. Nous sommes Sœurs de Cœur ! BAM !

~~CHAPITRE 4~~

Un oncle qui s'appelle MICHAEL JACKSON

Bien que Smilla soit à cent un pour cent de mon côté, le lendemain matin, elle avait une trouille bleue.

Parce qu'en fait, c'est comme ça : quand on est ~~tant soit peu~~ beaucoup plus malin que les autres, on réfléchit ~~la plupart du temps~~ aussi ~~tant soit peu~~ beaucoup plus que les autres. Et du coup, ce qui vient à l'esprit, c'est aussi ~~tant soit peu~~ beaucoup plus de choses qui pourraient mal tourner. C'est pour cette raison que je ne peux ~~que rarement~~ **ABSOLUMENT PAS ÊTRE D'ACCORD** avec maman quand elle dit : « *Réfléchir, ça aide !* » Parce que réfléchir, ~~parfois~~ souvent, justement, ça empêche vraiment d'avancer. C'est comme ça !

En tout cas, visiblement, Smilla avait encore réfléchi au moins toute la nuit après que nous avons jeté nos idées sur un petit bout de papier.

– Et qu'est-ce qu'on fera, si les autres se moquent de nous ?

J'ai attaché mon vélo au mur du préau.

– Celui qui n'ose jamais rien ne peut JAMAIS RIEN GAGNER. Et surtout pas une **SŒUR !**

J'ai souri à Smilla d'un air malicieux.

– Et c'est d'ailleurs le premier point du pacte des Sœurs de Cœur ! Et OUI !

Smilla s'est accrochée à son sac à dos.

– Les Sœurs de Cœur ont un *pacte* ?

– Bien sûr que nous avons un pacte ! C'est pour ainsi dire notre **code d'honneur** !

– Et qu'est-ce qu'il y a dedans... ?

– Par exemple, que nous devons oser nous lancer dans l'aventure à chaque occasion qui se présente, parce que sinon, en effet, on ne gagnera jamais le début de rien de rien !

En rigolant, j'ai poussé Smilla vers les bâtiments.

Malheureusement, elle n'était toujours pas rassurée... Au lieu de ça, elle se grattait le bout du nez ~~de façon frénétique~~ plutôt nerveusement.

– Bon d'accord. Supposons que les autres ne se moquent pas de nous. Qui te dit que ce sont les filles bien qui voudront faire partie des Sœurs de Cœur ?

– Purée, Smilla ! Franchement, j'ai l'impression que tu n'as encore **absolument rien** pigé à tout ça !

Sidérée, j'ai levé les yeux au ciel. (Mais en secret, j'étais drôlement fière de pouvoir enfin lui sortir cette phrase, parce que d'habitude c'était toujours dans l'autre sens. *Yes* !!!)

– Chez les Sœurs de Cœur, il n'y a **ni vrai ni faux.** C'est justement le point central de cette affaire ! Toute fille qui souhaite avoir une sœur et qui est disposée à prêter serment a le droit de faire partie des Sœurs de Cœur et elle est l'une d'entre nous ! *Basta* !

– Nous avons un serment ?

– Pas encore, j'ai avoué en faisant profil bas. Mais nous en aurons un. Dès qu'une bonne formule me sera venue à l'esprit.

Malheureusement, à ce moment-là, plus rien de bon ne m'est venu à l'esprit car, dans mon élan, je me suis violemment cognée contre Nouca et je suis tombée lourdement au sol. *Ouillouillouille...*

Ce n'est pas difficile de se cogner contre Nouca parce qu'elle est un peu ~~fortement~~ charpentée. C'est juste ballot qu'à **cet instant précis** Monti soit passée devant moi. *Grrrmpf.*

– Hé, Tête de caniche ! a-t-elle ricané en braillant ~~un peu bêtement~~ BIEN PLUS STUPIDEMENT QU'UN ÂNE. T'es déjà devenue aussi bigleuse que ta *copine de maternelle* qui y voit que dalle ?

Par copine de maternelle, elle désignait naturellement Smilla.

Et pourtant, jamais au grand jamais, je n'ai vu de fille de dix ans dans aucune classe de maternelle du monde. Et *vous* ?!

Et par *Tête de caniche*, c'est bien moi (malheureusement) qu'elle désignait.

Je vous ai certes déjà raconté **qui** je suis et tout ce que je sais trop bien faire – mais pas encore à quoi je ressemble...

Mais que ce soit clair dès le départ, Monti exagère monstrueusement et elle ne dit ~~que rarement~~ ABSOLUMENT PAS LE MOINS DU MONDE la vérité. Et si quelqu'un ici ne veut pas le croire, qu'il referme ce livre immédiatement. Et qu'il aille se sortir du nez toute une foule d'énormes vieilles CROTTES DE NEZ RATATINÉES ! Tant pis pour lui !!!!

Voici l'exacte vérité : non seulement ma mère est prof, mais elle a aussi les cheveux lisses et blonds, les plus merveilleux et soyeux du monde ! Sans mentir !

Mon père par contre est Hollandais.

Ce qui n'est pas forcément mauvais en soi...

Les *poffertjes* moëlleux de mamie Trixi par exemple sont À TOMBER !

Le problème avec papa, c'est juste qu'il a les cheveux hirsutes et orangés et la seule chose qui les empêche de s'entortiller en de multiples boucles, c'est qu'il les coupe ~~vraiment~~ **plutôt très très court !**

Mes frères ont eu le bonheur totalement injuste d'hériter des cheveux de maman – bien qu'ils n'en fassent absolument rien puisque, de toute façon, ils se font toujours COUPER LES CHEVEUX ! Argh !!!

Malheureusement, moi, je n'ai pas eu de chance lors du partage de l'héritage. C'est étonnant, n'est-ce pas ?

Donc, ce que Monti veut dire quand elle me traite de « *Tête de caniche* », c'est que mes **boucles orange fluo** donnent l'impression ~~assez souvent~~ de temps à autre qu'un caniche aurait été passé au mixeur sur ma tête. Ce qui est bien évidemment trop, trop, **TROP** exagéré ! Ai-je déjà évoqué le fait que Monti exagère toujours ?!

En tous cas, à ce moment précis, je n'avais **vraiment vraiment pas du tout** besoin du commentaire stupide de Monti. *Grrrmpf.*

Nouca a voulu me tendre la main, mais j'ai préféré me relever TOUTE SEULE.

– S'il y en a une qui est bigleuse ici, alors c'est bien TOI ! ai-je dit en vitupérant et en montrant du doigt les lunettes de soleil, beaucoup trop grandes, gigantesques, que Monti avait sur le bout du nez. Même ici, à l'intérieur, tu as besoin d'une paire de lunettes de soleil parce que tu ne supportes pas de te voir toi-même ?

Non seulement Smilla s'est mise à rire sous cape, mais Nouca, elle non plus, n'a pas pu s'en empêcher. Et pourtant, elle était sans doute secrètement encore ~~très~~ un peu fâchée à mon égard, parce que son petit frère portait ~~à cause de moi~~ une **barbe** indélébile…

Il n'y a eu que Monti qui n'a pas eu envie de rire de mon bon mot. *On s'y attendait… !*

Bien que son visage soit ~~presque~~ complètement recouvert par ses gigantesques lunettes, j'ai vu tout à coup tout son front se plisser.

– C'est très irrespectueux, Tête de caniche ! a-t-elle dit en tirant un mouchoir parfumé de son petit sac scintillant. Juste pour information : je porte ces lunettes de soleil parce que je suis EN DEUIL !

Oh, oh. Un deuil c'était pas bon, non, pas bon du tout. Même si je ne pouvais ~~pas du tou~~t pas vraiment supporter Monti, elle me faisait quand même pitié quelque part...

Alors j'ai essayé de **me renseigner prudemment** pour montrer ma bonne volonté et tout et tout.

– Qui donc est décédé ?

Monti a reniflé dans son mouchoir.

– Mon oncle préféré...

– Un de tes oncles d'Amérique ? a demandé Nouca, parce que Monti nous bassinait sans cesse et sans relâche à parler de L'AMÉRIQUE !

Vous devez savoir qu'en fait Monti ne s'appelle pas du tout Monti mais Montana Jackson. Parce qu'en effet, son père est un Afro-Américain blindé de thunes et Monti n'a pas seulement hérité de son nom mais aussi d'une peau chocolatée ~~la plus jolie du monde~~ tout à fait potable, de ses yeux d'un vert émeraude ~~des plus intenses~~ vraiment trop beaux et d'une chevelure brune et soyeuse ~~des plus extras~~ qui n'a rien d'exceptionnel... (Je vous le dis : la vie est ~~un peu~~ méga trop injuste ! Certains ont TOUT et les autres ont... DES CHEVEUX DE CANICHE !!!)

En tout cas, cachée par ses lunettes géantes, Monti a acquiescé TRÈS SÉRIEUSEMENT.

– Je l'aimais beaucoup ! C'était un GÉNIE ! Et c'était aussi quelqu'un d'important dans l'Histoire de la musique...

Smilla, Nouca et moi on se lançait des regards ~~interloqués~~ légèrement irrités.

– Ton oncle était musicien... ?

Monti a poussé un soupir.

– Même si votre **horizon culturel** est limité, vous avez sûrement déjà entendu parler de mon oncle. Michael ? Michael Jackson... ? Ça fait tilt, ça résonne quelque part ?

Nouca s'est collé un chewing-gum dans la bouche.

– Tu veux dire que... Michael Jackson était ton oncle ! ? ! **LE Michael Jackson** ?!

Monti était sur le point d'acquiescer de nouveau, mais elle n'y parvenait pas. Parce que c'était trop et que dans la seconde qui a suivi, Smilla et moi, nous sommes parties dans de BRUYANTS ÉCLATS DE RIRE.

– Et comment que ça résonne ! Je m'étranglais presque avec ma propre salive. Ouahlala !

Par chance, Smilla pouvait encore parler.

– Ce sont toutes LES CLOCHES DE L'IDIOT DU VILLAGE qui résonnent ! Ding, ding, ding, ding !!! Et tellement fort que mes tympans sont prêts à exploser !

Monti a ôté furieusement ses lunettes et nous a allumées.

– Je n'ai aucune idée de ce qu'il y a de si drôle là-dedans !

– Je vais te l'expliquer avec plaisir, ai-je ricané avant de reprendre de l'air. Premièrement, ce grand type couinant n'a jamais, au grand jamais, été ton oncle ! Jamais, au grand jamais !!!

– Ce mec-là pouvait flotter à reculons et toi, tu n'es même pas capable de marcher en avant !, a complété Smilla en gloussant.

– Et secundo, ce mec est mort il y a déjà des années ! ai-je continué.

– Il n'y a donc aucune raison, maintenant, de continuer à porter ces <u>lunettes de soleil débiles</u> ! BAM !

D'un coup, la figure de Monti est devenue rouge comme un ~~cul de singe~~ derrière de babouin. Elle a pressé les lèvres l'une contre l'autre et on aurait dit qu'elle allait exploser d'un instant à l'autre !

Mais finalement, elle s'est contentée de remettre ses stupides lunettes et d'entrer en classe en passant fièrement devant nous… *Hi hi, espèce de bécasse…*

~~CHAPITRE~~ 5

Pourquoi c'est ~~sacrément difficile~~ pas si facile de trouver une sœur quand Strounz, le monstre des maths, vous casse la baraque

La première heure de cours a **mal commencé**. On ne s'attendait pas à autre chose, vu que c'était une **HEURE DE MATHS**. C'est vrai qu'on ne peut ~~guère~~ **EN AUCUN CAS** trouver quelque chose de bien aux maths !

Ce qu'il y a de pire, ce sont évidemment tous ces nombres. C'est trop nul !

La deuxième chose super nulle, c'est notre prof Stanislas Strounz. En effet, il a l'haleine fétide la plus horrible du monde. Mais vraiment !!!

Malgré cela, on n'a **en aucun cas** voulu repousser notre projet de petit mot.

– Une affaire de sœurs, ça ne doit pas attendre, jamais, ai-je chuchoté à Smilla qui pensait que l'on ferait mieux de faire passer notre petit papier sous les tables à l'heure suivante.

– Est-ce que c'est aussi un des points du **Code d'Honneur des Sœurs de Cœur ?** a demandé Smilla.

Et oui, celui qui ne pose pas de questions, reste un idiot.

Je me suis contentée de hausser les épaules d'un air énigmatique.

– Ça se pourrait bien...

Et puis j'ai lancé le petit mot, c'est parti !

Naturellement, on ne voulait pas que JAMAIS AU GRAND JAMAIS les gars ouvrent et lisent notre lettre. TROP MALINES, on a donc inscrit sur le dessus :

Quelqu'un pourrait me prêter un soutif
pour le cours de sport ?
Si oui, lire la suite !!!

Les gars de notre classe trouvent affreusement dégoûtant tout ce qui a à voir avec **des sous-vêtements de filles** ! Ils préféreraient manger une poignée de cloportes que de lire une telle lettre. De vrais gamins !

Smilla et moi, nous étions ~~drôlement~~ un peu excitées. Notre lettre était déjà passée par Oscar et par Luke. Elle était sur le point d'arriver à **Maya Holmbach**. Yay!

Maya est ~~genre méga cool~~ assez cool. Ce qui tient surtout au fait que son père est le chef d'une entreprise de chocolat. Et une sœur qui a accès ~~à quelques tablettes de chocolat~~ à du chocolat EN PAGAILLE, Smilla et moi, on trouve ça ~~super-méga-fantastique~~ déjà très chouette...

Malheureusement, la chance n'était pas de notre côté. Une fois de plus...

Car lorsque Léo a voulu glisser la lettre sur la table de Maya, il a renversé sa **gourde** (Argh!!!) et notre petit papier est tombé sur le sol. Directement devant les PIEDS GIGANTESQUES de Strounz, le MONSTRE DES MATHS.

– Mais qu'est-ce donc que nous avons là? a susurré Stanislas pue-du-bec en allant pêcher notre petite lettre sur le sol. Est-ce que ce serait un **billet doux**?

Comme Smilla, j'ai retenu mon souffle. Et ce, NON PAS parce que son haleine était horrible (même si elle l'était quand même!!!) mais surtout parce que Strounz a déplié sur-le-champ notre message-secret super secret et a commençé à le **LIRE À VOIX HAUTE !!!** Ouaaaaah !

Tu as TOUJOURS souhaité avoir une sœur ?
Une alliée qui te défende lorsqu'une fois de plus
les AMIGOS te cassent les pieds,
ou lorsque tes parents ne te comprennent
PAS DU TOUT ?!
Alors rejoins le clan TOTALEMENT SECRET
des SŒURS DE CŒUR !
Une pour toutes, toutes pour ~~une~~ TOI !!!
Premier rendez-vous clandestin
totalement secret :
Dans le hangar à machines derrière le gymnase,
aujourd'hui à quatre heures !!!

Heureusement, Smilla et moi n'avions pas inscrit nos noms sur le papier. Car à peu près TOUTE notre CLASSE ~~IDIOTE~~ riait maintenant de notre lettre !

Quelque part, ce n'était pas comme ça qu'on s'était imaginé cette histoire. *Grmpf*...

Et comme si tout ça n'était pas encore assez terrible, le monstre Strounz s'est mis à grogner de rire.

– Les *Sœurs de Cœur* ? Ce serait une sorte de gang de filles ?

Ce qui montre, une fois de plus, que les profs de maths ne comprennent ~~pas grand chose~~ absolument rien à la vie !

Les SŒURS DE CŒUR sont en définitive beaucoup, beaucoup plus qu'un quelconque gang débile ! En effet, ce sont : **DES SŒURS !** *Nananère...* !

À la récréation, j'ai disparu discrétos avec Smilla derrière le mur à vélos. Frustrée, elle mâchonnait sa barre de céréales.

– Ça s'est passé de la façon **la plus misérable qui soit...**

– N'importe quoi ! ai-je dit en jetant un coup d'œil dans ma boîte à pique-nique : encore de la charcuterie visqueuse... ! *Beveveurk* ! Ça aurait pu être bien plus terrible !

Smilla m'a lancé un regard qui signifiait à peu près la chose suivante :

COMMENT, PAR TOUS LES DIABLES
ET PAR QUEL ENFER,
EST-CE QUE TOUT CELA AURAIT DONC PU,
S'IL TE PLAÎT, TOURNER ENCORE PLUS MAL ?

J'ai haussé les épaules.

– Au moins, personne ne sait que c'est NOUS qui avons écrit le message. Un point pour nous !

Smilla a soupiré.

– En tout cas, on n'a plus qu'à oublier les Sœurs de Cœur...

– Tu perds la boule ou quoi ? En aucun cas on n'oublie les Sœurs de Cœur ! Encore moins maintenant !

Pour montrer que j'avais vraiment une ~~grande~~ détermination de tueuse, j'ai fait tournoyer mon sandwich gélatineux dans les airs et l'ai envoyé dans l'étang du collège. Splash !

Smilla a froncé les sourcils, pleine de reproches.

– **Primo**, à l'instant, tu as failli écraser un caneton ! Et **secundo** : tout le monde est au courant de notre rendez-vous secret ! Il est impossible qu'on y aille cet après-midi. Et si nous n'y allons pas, nous ne pourrons pas **rencontrer d'autres sœurs !**

– Et comment que si, on va y aller ! ai-je protesté. On va tout simplement se cacher derrière les machines et attendre de voir s'il n'y aurait pas quelqu'un qui vient quand même !

– Et si les AMIGOS nous espionnent ?

J'ai ricané.

– Pas possible. Eux, ils ont un entraînement !

Eh oui, j'avais vérifié ça avant, **y'en a là-dedans** ! HAAAA !

– Je ne sais pas, Bonnie. Smilla m'a refilé son **petit pain au salami**. Une affaire qui commence si mal, on devrait peut-être la laisser tomber...

– Les Sœurs de Cœur ne se laissent pas abattre, jamais et en aucune circonstance ! ai-je proclamé. C'est le point numéro UN de notre code d'honneur !

Smilla m'a interrompue pour obtenir plus de précision :

– Je croyais que le **point numéro un**, c'était que nous devions toujours oser faire quelque chose ?

J'ai mordu dans le salami.

– Tu veux te la péter ou CHANGER LE MONDE ?

Et là, Smilla n'a vraiment eu plus rien à rajouter.

D'une part, parce que j'avais évidemment **ABSOLUMENT** raison ! Et d'autre part parce qu'à ce moment-là ~~ce petit emmerdeur de~~ Kolya nous matait du haut du mur à vélos et dirigeait vers nous son pistolet en plastique de gros débile. Zut.

~~CHAPITRE 6~~

On a besoin d'ELLE dans notre équipe !!!

– Vous êtes cernées ! a crié Kolya alors que les autres Amigos rigolaient derrière lui. Si à TROIS vous ne sautez pas dans l'étang, une grosse cargaison de bave d'Amigos bien grasse vous arrivera entre les deux yeux ! Ah ben super...

Il y a encore une chose que vous devez savoir sur les Amigos. Ces gars-là ne se contentent pas de jouer au foot et d'être soudés à la glu éternelle, non, ils ont aussi une autre passion hyper casse-pieds :

LA SALIVE ! Beurk !!!

Il y a un tas de trucs que les gars ne savent ~~pas trop bien~~ ~~absolument~~ **pas du tout** faire. Comme par exemple :

- réussir, un jour, à ne pas se curer le nez pendant dix secondes.
- expliquer de façon lumineuse ce qu'il y a, s'il vous plaît, de si génial dans le **foot**.

- préparer n'importe quoi de comestible qui, à la fin, soit vraiment mangeable !

Bien que mes tarés de frères ne soient même pas capables de beurrer correctement une biscotte, ils sont absolument en mesure de produire de la BAVE D'AMIGOS à foison. Ils ont pour cela une recette secrète super secrète. Pfff !

Et ce qui scintillait dans le **satané pistolet en plastique** de ~~ce petit emmerdeur de~~ Kolya, c'était justement une énorme quantité de cet écœurant fluide visqueux. Pouaaaaaah!

Smilla a tout de même secoué courageusement la tête.

– Laisse tomber ! Tu n'oseras jamais !

Kolya a mis le doigt sur la gâchette et a ricané :

– Tu veux vraiment **en arriver** là, p'tite tête ?

À ce moment-là, ~~totalement en panique~~, j'ai dû avaler un peu ma salive. Mais vraiment un **tout petit** peu. Car je n'avais ABSOLUMENT PAS ENVIE de voir atterrir cette BAVE VISQUEUSE sur mon visage.

Mais je ne voulais pas non plus sauter dans l'étang. Nous voilà sacrément coincées...

Derrière la clôture, Léo a commencé à compter.

– Uuunnnnn ! Deeeeeuuuuux... ! !

Inquiète, je me suis penchée vers Smilla.

– Tu n'avais pas dit que ton frère ne savait même pas compter jusqu'à TROIS ? !

– Quand il est avec sa MEUTE, il se surpasse ! s'est défendue Smilla en saisissant ma main.

Mais, alors même que nous nous attendions à entendre le « TROIS » (**et à recevoir une cargaison de bave visqueuse !!!**) une voix de tueur, une voix terrible, a balancé à travers la cour :

« DESCENDS TOUT DE SUITE DE MON VÉLO,
ESPÈCE DE NOUILLE !
OU TU VAS VIVRE UN SACRÉ ENFER !!! »

Affolé, Kolya a retenu son souffle et, l'instant d'après, a disparu de la circulation, derrière le mur. Poule mouillée...

Smilla et moi, on s'est regardées d'un air perplexe, avant de grimper vite fait sur le rebord pour jeter un coup d'œil de l'autre côté du mur.

JOANA PECHSTEIN de la 6e C bombardait les Amigos de son regard bien plus noir que le fond d'un tombeau !

Visiblement, jusque-là, Kolya s'était juché sur la selle du vélo de Joana pour regarder de l'autre côté du mur. En tout cas, il avait l'air ~~assez~~ affreusement confus à présent :

– Amigos, situation d'urgence ! Alerte ROUGE DE NIVEAU DEUX !!!

Les gars ont pris la fuite ventre à terre. Dans sa course, Léo (= l'idiot de service) a trébuché sur un range-vélo et s'est écrasé sur Oscar (= le gros veau). Mais avant que Joana ait eu le temps d'atteindre ces deux **BÊTAS**, les autres Amigos les avaient déjà aidés à quitter la zone dangereuse. Dommage...

Il y a peut-être quelques petits trucs que vous devriez maintenant savoir sur Joana.

1. Tout le monde l'appelle Jo. En effet, il est beaucoup plus rapide de crier « **Au secours, voilà JO !** » que « **Au secours, voilà JO-A-NA !** ». C'est pratique !

2. Bien que Jo soit une fille, il n'y a pas un brin de féminité en elle. Cela tient au fait qu'elle porte

toujours un large pull **noir** sur un large pantalon **noir**. Et vissé sur sa tête, un bonnet **noir**, évidemment. *Même en été ! Ah, les bonnes suées !*

3. Les Amigos ont **PEUR** de Jo. Parce qu'elle est capable de vraiment hurler et de regarder quelqu'un d'un air vraiment noir. Et en plus, elle a chez elle un chien monstrueux vraiment méchant qui s'appelle GODZILLA ! *À vous glacer le sang...*

4. Jo n'a emménagé dans notre ville que depuis un an et elle traîne toujours toute seule. Ce qui a vraisemblablement à voir avec le **point numéro 3**...

En tout cas, Smilla et moi, on était extrêmement contentes de voir débarquer Jo. Lorsqu'elle a aperçu nos têtes en haut du mur, elle a eu l'air plutôt surpris. J'ai eu le sentiment qu'il fallait que je dise quelque chose. Parce que de grands gestes exigent de grands mots, et tout et tout ! *Hum, hum.*

Alors j'ai fini par me lancer :

– Eueueueuh... merci !

Jo a froncé les sourcils sous son bonnet.

– De quoi ?

- De nous avoir aidées dans cette histoire avec les Amigos.

On aurait dit que l'idée de prononcer pour une fois quelque chose de sympa a effleuré l'esprit de Jo. Mais finalement, elle a enfoncé encore plus profondément le bonnet sur ses yeux et a grommelé d'un air sombre :

– Je ne vous ai pas aidées, c'est clair ? Je voulais juste que ce petit merdeux dégage de ma selle !

L'instant d'après, elle a tourné les talons et elle est retournée dans les bâtiments en traversant la cour d'un pas traînant. Ploum, ploum, ploum.

Smilla l'a regardée s'en aller en secouant la tête.

– Elle est vraiment pas croyable…

– Incroyablement **cool**, oui ! ai-je constaté avant d'ajouter, celle-là, on en a absolument besoin parmi les Sœurs de Cœur !

Smilla a cligné des yeux, me regardant d'un air incrédule.

– Quoi ?!

J'ai sauté du mur et je me suis épousseté les mains.

– Jo est UNE VRAIE ARME FATALE ! Si tu as **une sœur pareille**, tu n'as plus rien à craindre ! Et encore moins les Amigos !

D'un petit bond, Smilla a atterri dans les graviers et m'a regardée d'un air très, très sérieux.

– Zut, Bonnie ! Si tu as une sœur pareille, il y a BIEN une chose que tu dois craindre ! C'est qu'à la moindre occasion, elle **T'ARRACHE LE NEZ AVEC SES DENTS !** Elle a secoué la tête, décontenancée. On ne rigole pas avec Jo, vraiment pas !

– Justement ! ai-je ricané. Avec les Sœurs de Cœur non plus, au final !

Et je me suis mise en marche d'un pas ~~un petit peu~~ terriblement décidé et suis retournée au collège. Bam !

~~CHAPITRE~~ 7

Tombées dans le piège, et pas qu'un peu !

Après les cours, Smilla et moi, on était drôlement fébriles !

Certes, Smilla avait un frère ~~bien moins intelligent que la moyenne~~ des plus bêtas, mais comme elle n'en avait qu'un, elle avait sa propre chambre. *Le luxe total* ! Moi, par contre, je devais partager la mienne avec Néo, mon frère jumeau super neuneu...

En effet, mes parents sont persuadés que des JUMEAUX devraient s'entendre comme cul et chemise.

Ce qui est, bien sûr, la plus grande bêtise du monde !

Mais moi, mon truc, ce ne sont ni les culs ni les chemises, et Néo, je ne le supporte pas non plus. Parce qu'il ne me laisse **JAMAIS** recopier ses exos de maths. Et le soir, il FAIT EXPRÈS DE ME PÉTER DESSUS du haut du lit superposé ! *Bouuuuah* !!!

Et comme il est évident qu'**un frère jumeau pétomane** ne nous serait d'aucune utilité pour élaborer nos plans d'action, après la dernière heure de cours, nous avons préféré aller chez Smilla.

Sa mère était là aussi, parce qu'elle est femme au foyer. Je trouve ça assez sympa. Mais Smilla n'est pas trop de cet avis... Elle pense qu'une **FEMME ÉMANCIPÉE** ne devrait jamais, au grand jamais, « dépendre financièrement de son conjoint », ce qui signifie en gros que si un de ces quatre matins, le père de Smilla se cherchait une autre femme, sa mère se retrouverait **vraiment toute bête** avec son panier à linge sur les bras. Parce qu'elle n'a ni boulot, ni argent, ni logement, ni rien d'autre. *Ça craint de ouf...*

Mais je ne crois pas que le père de Smilla partira un jour se chercher une autre femme. Pourquoi est-ce qu'il ferait cela ? La mère de Smilla est **vraiment cool !** Elle cuisine chaque jour des plats plus délicieux les uns que les autres, comme de la pizza salami double fromage. Ou des frites avec de petites saucisses grassouillettes ! (Sauf une fois, où elle avait préparé du goulasch de cheval !!! *Gloups* ! Et *hiiiiiii* !!!)

En plus, avec elle, Smilla et Léo ont le droit d'allumer la télé **quand ils veulent**. Et elle n'a rien non plus contre les sucreries !

Mais le top du top, c'est que, quand Léo DÉCONNE une fois de plus et qu'il embête Smilla, elle ne dit pas comme mes parents :

– **Réglez cette affaire entre vous, moi, je dois encore**

- ~~**corriger des copies**~~
- ~~**apprendre mon texte**~~
- ~~**sortir le linge de la machine**~~
- **essayer d'enfiler mon pantalon super étroit qui me boudine comme une saucisse !**

Non, au lieu de ça, la mère de Smilla tire TELLEMENT FORT SUR LES OREILLES de Léo qu'on pourrait ensuite sans problème le suspendre à la lampe de la cuisine !

Et ça, c'est vraiment VACHEMENT COOL !

C'est pour ça ~~que j'ai vraiment un peu de mal à comprendre~~ que je ne comprends absolument pas du tout pourquoi Smilla cherche sans cesse des indices qui prouveraient qu'elle a été *adoptée* quand elle était bébé. Vraiment pas...

Cet après-midi-là, c'était en tout cas X-MILLIONS DE FOIS mieux d'être assises dans la chambre de Smilla, avec une montagne de BARRES CHOCOLATÉES, que sous un **frère jumeau pétomane** dans mon lit superposé. C'est qu'on avait besoin de beaucoup beaucoup d'énergie (chocolatée) pour écrire notre code d'honneur. Quand on s'attelle à une tâche pareille, on doit ~~quand même être un peu~~ franchement être à fond dans ce qu'on fait parce qu'un tel code, après, ça doit durer POUR TOUJOURS ET À TOUT JAMAIS ! Et ça, c'est déjà presque une éternité...

À trois heures à peine, Smilla s'est relevée d'un bond et a dit en quittant son tapis à froufrou :

– **Il faut qu'on parte !**

J'ai ébouriffé mes boucles dans les franges du tapis.

– Mais il est beaucoup trop tôt...

Smilla a secoué la tête.

– Si on veut se cacher dans l'atelier, il faut qu'on arrive **avant tout le monde**. Au cas où il y aurait quelqu'un qui voudrait nous espionner et arriver encore plus tôt que nous.

Naturellement, c'était un argument convaincant et il allait assez bien avec le point numéro 6 de notre code d'honneur :

> **Les Sœurs de Cœur ont toujours un temps d'avance sur les autres et ne se laissent pas marcher sur les pieds !** Na !

Par précaution, j'ai encore pris une bonne POIGNÉE DE BARRES CHOCOLATÉES et les ai mises dans la poche arrière de mon pantalon. Car en fin de compte, **personne** ne pouvait prédire combien de temps on resterait dans l'atelier, accroupies au milieu des machines.

– Ça pue encore plus que le sac de sport de Vito ici ! me suis-je exclamée d'une voix haletante en poussant la porte du hangar à machines. On aurait peut-être mieux fait de se donner rendez-vous ailleurs, quelque part dehors... Bouh !

– En aucun cas ! a protesté Smilla. Plus **la puanteur est grande**, plus la probabilité que quelqu'un s'égare ici par erreur est faible !

Elle avait raison, évidemment. Ceux qui pénétraient ici DE LEUR PLEIN GRÉ devaient vraiment avoir quelque chose d'urgent à y chercher. Une SŒUR SECRÈTE, super-secrète par exemple ! Mais chuuut !

C'était juste ballot d'avoir à se cacher au milieu de cette odeur de moisi dégueue pendant plus d'une demi-heure encore en attendant quatre heures.

Avant de nous recroqueviller sur le sol Smilla et moi, nous nous sommes glissées derrière un caisson rouillé rempli de vieilles pelles de jardinage. Entre les manches des pelles, de nombreuses fentes étroites nous permettaient d'observer SUPER MÉGA BIEN la porte de la remise, sans être découvertes pour autant ! De vraies pros !

Et alors : RIEN.

Pendant tout un moment ~~trop long et sans fin~~, il ne s'est rien passé...

Nerveusement, j'ai remué d'un genou à l'autre.

– Quelle heure est-il ?

Smilla a jeté un coup d'œil sur sa montre lumineuse.

– Bientôt quatre heures dix.

– Crotte alors ! ai-je râlé en me laissant tomber par terre sur les fesses. Bon, ben maintenant c'est sûr, plus personne ne va venir...

– *Pscht*, a fait Smilla en mettant un doigt sur les lèvres. T'as oublié le point numéro 4 du CODE D'HONNEUR DES SŒURS DE CŒUR ou quoi ?

Je me suis gratté la tête.

– *Une Sœur de Cœur ne ment jamais, au grand jamais à une autre Sœur de Cœur...*

– C'est le **point numéro 5** !

– *Les Sœurs de Cœur se défendent les unes les autres contre toute crasse qui leur est faite et surtout contre les* **Amigos**... ?

– Arrrh, Bonnie ! Smilla a levé les yeux au ciel. Ça, c'est le **point numéro 3** ! Le numéro 4, c'est :

Avant que la dernière des dernières planches de salut n'ait sombré, les Sœurs de Cœur n'abandonnent jamais !

Mais nous avons écrit quatre heures sur le petit papier ! Je ne sais pas **quelle planche de salut** tu veux encore attendre.

Moi en tout cas, j'avais clairement assez inhalé de puanteur de la remise. Beurk ! Mais, au moment où j'allais me redresser pour m'extirper de derrière cette caisse remplie de pelles, **LA PORTE** s'est mise soudainement **À BOUGER** !

Smilla m'a tirée super hyper vite en arrière. Hop ! Rebelote derrière la caisse.

– Quelqu'un arrive !

Et elle avait raison ! La porte s'est ouverte encore un petit chouïa – puis quelqu'un s'est GLISSÉ à l'intérieur par l'étroite FENTE !

– **Qui est-ce ?** ai-je chuchoté à voix basse, supra méga basse, mais Smilla n'en avait aucune idée, elle non plus. À part une ombre noire qui dépassait, parfois à droite, parfois à gauche, on ne distinguait rien.

Cette ombre n'appartenait en tout cas très certainement pas aux Amigos : eux, ils auraient fait irruption ici avec TAMBOURS ET TROMPETTES.

Smilla et moi, on a plissé les yeux avec curiosité en guettant furtivement à travers les manches de pelles. De vraies détectives !

On aurait dit que l'ombre était sur le point de se glisser hors de la remise, lorsqu'on a entendu **DE NOUVEAU** des pas dehors.

– *Zut, de zut, de zut!* a sifflé l'ombre en sautant promptement derrière une **vieille porte en bois** qui avait été **mise de côté** contre un mur.

Smilla et moi, on s'est arrêtées de respirer.

La porte de la remise s'est entrebâillée une fois de plus...

Mais cette fois beaucoup plus largement, ce n'était plus une fente étroite...

L'instant d'après, une petite voix a résonné :

– Ouh ouh ? Y'a quelqu'un... ?

Surprise, j'ai jeté un coup d'œil à Smilla.

– Est-ce que c'est... NOUCA ?!

Smilla n'a malheureusement pas eu le temps de répondre. Car dans la seconde qui a suivi, la porte A CLAQUÉ et s'est refermée soudainement derrière Nouca ! BING !!!

Avec Smilla, on a sursauté et on a entendu que DEHORS, quelqu'un poussait quelque chose devant la porte !

Et un éclat de rire a retenti tout à coup :

– Elles sont PRISES AU PIÈGE ! Comme des **bébés rats** dans leur laboratoire !!!

Smilla et moi, on a tout de suite reconnu la voix.

– C'est ~~ce petit emmerdeur de~~ Kolya !

La surprise a été si grande, si gigantesque pour nous, que nous nous sommes relevées et sommes sorties de notre cachette sans nous en apercevoir !

Nouca a cligné des yeux dans notre direction, incrédule, parce qu'une fois la porte refermée, il faisait **vraiment très noir** dans la remise.

– « Je ne me suis pas trompée ? Je suis bien chez les Sœurs de Cœur ? » Tu es **bien** chez les IDIOTES DE SERVICE, bouboule ! a crié Luke, mon excité de frère, qui tambourinait de l'extérieur contre la paroi de la remise en se fendant la poire.

Avec Smilla, on a pris la porte d'assaut et on s'est mises à la secouer pour faire bouger la poignée. EN VAIN ! Les Amigos devaient avoir trouvé un moyen quelconque de bloquer la porte ! Aaaaargh !!!

– C'est pas drôle, espèce d'imbéciles !!! ai-je crié.

Smilla s'est penchée en avant et **A GLAPI** à travers le trou de la serrure :

– Léo, ouvre immédiatement cette porte ! Maman va te tirer les oreilles jusqu'à ce qu'elles soient si longues que tu pourras NETTOYER LE SOL avec !!!

Mais à vrai dire, Léo n'a pas eu l'air d'être particulièrement impressionné.

– **Ououououh, que j'ai peur!**

Il a gloussé comme s'il n'avait absolument pas peur du tout en vérité.

– Je dirais simplement à maman que tu es passée SOUS LA TONDEUSE, espèce de naine pas finie, a-t-il poursuivi. Il faudra bien qu'elle s'y fasse!

– Allez les gars! s'est exclamé Oscar. Faut qu'on retourne sur le terrain, sinon l'entraîneur va soupçonner quelque chose!

– Hééé! Vous NE POUVEZ PAS juste VOUS BARRER COMME ÇA!!! ai-je hurlé.

Mais malheureusement, ils pouvaient le faire sans problème.

Et c'est ce qu'ils ont fait... *Grmpf*.

Sidérée, j'ai regardé Smilla et Nouca. C'était juste pas possible ~~nom d'un chien~~! Les SŒURS DE CŒUR n'**existaient** même pas encore **vraiment** et on était déjà prises au piège! Et en plus, c'était les AMIGOS qui en étaient responsables... *Grrrrrr*!

Mais une surprise encore plus grande nous attendait ! **JAMAIS AU GRAND JAMAIS** vous ne devinerez qui est apparu quand la vieille porte en bois adossée au mur de la remise s'est abattue sur le sol dans un **VACARME INFERNAL**...

~~CHAPITRE~~ 8

Il n'y a que le premier pas qui coûte un peu affreusement

– Ne vous imaginez surtout pas que je suis ici à cause de votre stupide histoire de sœurs ! D'un air vexé, Monti s'est tapoté les épaules pour en enlever la poussière. Je CHERCHAIS JUSTE UN TRUC, OK ?

– La **VESTE À PAILLETTES** de Michael Jackson, ou quoi ? a demandé Nouca en se fourrant un gros chewing-gum dans la bouche.

Et j'avoue qu'on n'a pas pu s'empêcher de glousser un peu, Smilla et moi. Bien que toute cette histoire-là ne prête NATURELLEMENT ~~que très peu~~ **pas du tout** à rire !

Monti était du même avis d'ailleurs !

Elle a jeté à Nouca un regard AUSSI VENIMEUX que dix-sept mille serpents venimeux réunis. Ouilleouilleouille !

– En tout cas... a poursuivi Montana, même si j'étais venue pour cette histoire de sœurs – **ce pour**

quoi je ne suis pas venue, je vous le rappelle – et bien MAINTENANT, je n'aurais plus envie de participer. Mais au moins, désormais, je sais qui **Y PARTICIPE VRAIMENT** !

Elle nous a lancé à Nouca, Smilla et moi, un regard plein d'arrogance qui voulait dire à peu près cela :

JE PRÉFÉRERAIS BOIRE UN SEAU D'EAU AYANT SERVI À NETTOYER LES TABLES, QUE DEVENIR UNE DE VOS SOEURS !!!

Puis elle a marché d'un pas décidé vers la porte de la remise et, à plusieurs reprises, a secoué furieusement la poignée ! Clic, clic.

Smilla a levé les yeux au ciel.

– Tête de nouille, les Amigos ont VERROUILLÉ la porte de l'extérieur.

Monti a soufflé par le nez et ça a fait pas mal de bruit. Puis d'un air vraiment braqué, elle s'est adossée au mur près de la porte. Parce qu'effectivement elle ne pouvait absolument rien redire au fait que Smilla avait de nouveau raison. C'est la vie !

– Et qu'est-ce qu'on fait maintenant? a demandé Nouca en mastiquant et mâchouillant très bruyamment son chewing-gum.

– Bon, ben... Courageusement, je me suis raclé la gorge. De toute façon, si on est coincées ici et qu'on n'a rien de mieux à faire, alors... on peut parler des Sœurs de Cœur!

Au fond de la remise, j'ai aperçu sur un mur un interrupteur couvert de poussière et je me suis avancée à tâtons, quel courage, quelle héroïne. Tadaaam!

À peine la vieille ampoule allumée, Monti a poussé un cri et montré mon postérieur en ricanant.

– T'as FAIT DANS TA CULOTTE on dirait, Tête de caniche?

Faire dans ma culotte?! Elle avait une case en moins, ou quoi?

Je me suis apprêtée à l'allumer ~~méchamment~~ exactement comme elle le méritait, mais Smilla aussi s'est mise à ricaner.

– Bonnie, je crois que tu t'es assise en plein dans quelque chose... Hein?!

Embarrassée, j'ai jeté un coup d'œil à l'arrière de mon pantalon. Et j'ai constaté l'accident...

– ~~Merde!~~ Crotte!

– Au sens propre du mot, a gloussé Monti en haussant les sourcils d'un air DÉGOÛTÉ.

Je me suis mise à frotter frénétiquement la tache marron sur mon derrière.

– Vous êtes sérieuses? C'est du CHOCOLAT! J'ai mis les barres dans ma poche et... C'est pénible!!! Mais vraiment!!!

Monti ricanait, narquoise, en pointant vers moi son iPhone flambant neuf, la classe!

– Arrête de BOUGER un petit moment, tu veux bien, Tête de caniche? J'aimerais faire une photo pour mon compte Instagram! On aura au moins DEUX CENTS LIKES!

Si j'avais pu, je lui aurais sauté à la gorge et j'aurais balancé son portable à la con! *Waaaah*!!!!

Mais Nouca s'est interposée entre nous deux à titre préventif. Et comme vous le savez, ja~~mais de la vie on ne passe,~~ on ne passe pas si facilement quand c'est Nouca qui barre la route. Parce qu'elle est un *peu plus fortement charpentée* que la moyenne...

– Je croyais qu'on était là pour SE SERRER LES COUDES. Et pas pour s'ENTRETUER!

Nouca nous a regardées alternativement Monti et moi, on aurait dit qu'elle suivait un match de ping-pong.

– C'est de ça dont il s'agit dans cette histoire de sœurs, ou j'ai mal compris? Taping-tapong-taping-tapong!

J'ai hoché la tête, d'une humeur massacrante.

– Les sœurs se serrent les coudes, oui! Mais **CELLE-LÀ (!!!)**, c'est impossible qu'elle soit notre sœur! J'ai montré Monti du doigt, folle de rage.

Smilla lui a enlevé le portable des mains et m'a regardée sévèrement, **on aurait trop dit une prof**:

– *Toute fille qui souhaite avoir une sœur et qui est disposée à prêter serment a le droit de faire partie des Sœurs de Cœur et d'être l'une d'entre nous!* Désolée, Bonnie, mais c'est toi-même qui l'as dit! Bla-bla-bli, bla-bla-bla!

Est-ce que Smilla avait absolument besoin de me rabattre le caquet avec mes PROPRES MOTS? J'ai pincé les lèvres.

– Mais Monti n'est pas n'importe quelle fille. C'est... C'est justement **MONTI!**

Nouca et Smilla ont froncé les sourcils.

Puis Smilla s'est raclé la gorge et a dit sobrement.

– Cet argument ne me convainc pas vraiment…

– Mais, Monti, ON NE PEUT PAS LA SUPPORTER, vous l'avez déjà oublié ?! ai-je rétorqué d'un ton sifflant.

– Quand on est sœurs, il ne s'agit pas de savoir si on se supporte ou pas ! Il s'agit de se serrer les coudes ! De combattre CÔTE À CÔTE, de se défendre et de s'entraider ! C'est ça, les Sœurs de Cœur !

Ouah ! Smilla ricanait et ça m'a VÉRITABLEMENT fait bisquer, qu'elle me mette presque en boîte, comme ça !

Ce qui est BALLOT quand on a une copine super maline, c'est juste qu'elle REMARQUE TOUT, et qu'à tout moment, si ça lui plaît, elle peut te REBALANCER tes propres mots pour te coincer. À vrai dire, ce qui est encore plus BALLOT, c'est quand, par-dessus le marché, elle a RAISON… Grmpf.

– Bon, d'accord, ai-je finalement grommelé. Si Monti veut absolument être de la partie, elle peut le faire. **Mais elle ne le veut même pas !**

Pleines d'espoir, Nouca et Smilla se sont tournées vers Montana, qui, vexée, s'est mordillé les lèvres, toujours adossée au mur de la remise. Tss.

Jamais, au grand jamais, elle ne voudrait être une des nôtres, c'était sûr, MILLE MILLIONS DE FOIS sûr et certain !

Mais soudainement, elle s'est décollée du mur et a rejoint notre cercle.

– Et c'est quoi, ce serment à la noix… ? a-t-elle demandé.

Pardon ? ? ?

Elle voulait sérieusement être une Sœur de Cœur ?!

AAAAARGGGGH !!!!

Sidérée, je me suis caché le visage entre les mains et je me suis mise à le frotter comme si je pouvais en chasser Monti tel un cauchemar épouvantable et effrayant !

Smilla et Nouca se sont mises à rigoler.

– Je propose qu'on s'asseye par terre, a dit Smilla. Nos provisions sont certes collées au derrière de Bonnie, mais…

– Y'a pas de problème, a gloussé Monti en s'asseyant dans le cercle à côté de Nouca. De toute façon, le rollmops, là, il a besoin d'un petit régime !

En signe de protestation, Nouca s'est collé un nouveau chewing-gum dans la bouche.

– Je ne suis PAS grosse, OK ?! J'ai… juste des **os lourds** !

Monti a ricané.

– C'est ça. Et moi, je suis la PRINCESSE AU PETIT POIS !

– Nan, ai-je riposté en m'affalant moi aussi dans le cercle d'un air râleur. Tu es une dinde stupide, à peu près aussi maline qu'**une carotte qu'on a oublié de peler !** Et oui !

Monti a haussé les sourcils.

– T'es simplement jalouse ! Parce que moi, j'ai TOUT et toi... ben, voilà quoi, t'as juste cette tête de caniche.

– Ça suffit ! Smilla a frappé les graviers avec sa main. De toute façon, si vous ne voulez rien faire d'autre que de passer votre temps à vous disputer, vous pouvez directement aller traîner avec ces IDIOTS D'AMIGOS !

J'ai croisé les bras sur ma poitrine.

– Les sœurs ont le droit de ne pas se supporter ! Tu l'as dit toi-même ! Donc on peut aussi **NE PAS ÊTRE SYMPAS** les unes avec les autres !

Et toc, c'était bien fait pour Smilla avec ses airs de Madame Je-sais-tout... Tant pis pour elle !

Nouca s'est mêlée à la conversation en mâchouillant :

– Smilla a peut-être un peu raison... On devrait d'abord régler en paix toutes les choses importantes.

Et ensuite, après ça, on pourra aussi TRANQUILLEMENT se disputer.

Smilla m'a jeté un regard triomphant.

J'ai soupiré et j'ai fini par hausser les épaules.

– Si vous y tenez...

Alors, de ma poche de pantalon, j'ai extirpé le papier sur lequel est inscrit notre CODE D'HONNEUR. Au moins, il n'a pas écopé de tache de chocolat, parce que j'ai été assez maline pour le mettre de l'autre côté. **HEUREUSEMENT !** (Franchement, de quoi ça aurait l'air, je vous le demande, si un document secret SUPER IMPORTANT était couvert de taches marron caca ?! Beurk!)

Code d'honneur de la confrérie ultra-secrète des Sœurs de Cœur

1. Les Sœurs de Cœur sont courageuses et intrépides. Parce que celui qui n'ose rien, ne gagne jamais que dalle ! BAM !
2. Les Sœurs de Cœur ne mettent jamais, jamais, jamais la tête dans le sable ! Parce que qui sait si, juste avant, il n'y avait pas là une crotte de chien dans le sable. Ouaaark !

3. Les Sœurs de Cœur se tiennent toujours CÔTE À CÔTE et se défendent les unes les autres contre toutes les crasses ! Surtout contre les Amigos qui sont les pires crasses de toutes !!!!

4. Les Sœurs de Cœur se battent toujours pour le BIEN et n'abandonnent jamais, avant que la dernière planche de salut n'ait sombré. Et même après, elles n'abandonnent pas ! Tschaka !!!!

5. Les Sœurs de Cœur ne se mentent jamais les unes aux autres, jamais, jamais au grand jamais, J.A.M.A.I.S !!!

6. Les Sœurs de Cœur ont toujours un coup d'avance et ne se laissent pas mener par le bout du nez ! Nananère !

7. Une Sœur de Cœur ne trahit jamais le SECRET d'une autre Sœur de Cœur ! Plutôt avaler sa propre langue !!!

P.S. : Quiconque enfreint les règles du Code d'honneur est exclue de la confrérie et ne peut plus jamais, jamais en faire partie. Et en plus, elle étouffe dans d'atroces douleurs sous l'haleine fétide de Stanislas Strounz!!! Et pas qu'un peu!

– Y a-t-il une quelconque objection? ai-je demandé en lançant à la ronde un regard noir.

Smilla n'a eu, bien sûr, rien à redire. Faut dire que ça aurait été VRAIMENT étrange. Après tout, elle avait écrit les règles avec moi!

Pensive, Nouca mâchouillait son chewing-gum géant dans tous les sens.

– OK, c'est d'accord pour moi... Mâchouille, mâchouille.

Monti, bien sûr, était la seule à ne pas vouloir faire comme les autres.

– Je sais pas. Sœurs de Cœur, je trouve ça un peu nounouille...

Purée! Là, Monti commençait vraiment à **ME COURIR GRAVE SUR LE HARICOT!**

– Mais alors, pourquoi tu veux en faire partie?! Tu peux tout de suite te retirer, n'hésite pas!

– Détends-toi, Tête de caniche! Je ne pensais pas à notre *confrérie* en elle-même. Mais à son nom.

Smilla a redressé ses lunettes. C'est vrai qu'elles sont toujours un peu de travers.

– Qu'est-ce qu'il a ce nom ?

– Ben, je sais pas, je le trouve en quelque sorte pas cool. *Sœurs de Cœur !* Ça sonne genre film sentimental pour gros câlins, totalement à l'eau de rose. Pardon ?!

Film sentimental pour gros câlins ? Elle a avalé une gomme ou quoi ?!

Bon, au moins, cette fois, Nouca était de notre côté.

– T'as une meilleure proposition ?

– Mouais. Monti a froncé la pointe de son mignon petit nez prétentieux. Un truc anglais, ça ser~~ait cool.~~ Comme en Amérique !

Alors, avec le doigt, elle a écrit deux mots dans les graviers :

SICRET SISTEURS

– En gros, ça veut dire quelque chose comme **sœurs secrètes**, a-t-elle ricané fièrement. Ça sonne quand même grave plus cool !

Smilla a levé les yeux au ciel.

– Et c'est aussi écrit grave plus faux, espèce de banane. *Sicret*, ça s'écrit avec un **e** (secret !), et *sisteurs* avec **ers** (sisters !), même moi je le savais ! Et pour ça, j'avais pas besoin d'un **papa frimeur américain super riche**... HA !

Mais Monti s'est contentée de souffler sur ses stupides ongles pour en enlever la poussière.

– Ça sonne quand même *plus cool*...

Et malheureusement, là-dessus, elle avait raison... Grmpf.

– Bon d'accord. Donc, on est les SICRET SISTEURS. Smilla a haussé les épaules. Encore d'autres objections ?

Nouca a mis un troisième chewing-gum dans sa bouche.

– Nous avons besoin d'un SIGNE DE RECONNAISSANCE. Un bracelet d'amitié ou un truc comme ça.

– *Pfff !* Notre Confrérie est beaucoup plus importante qu'une quelconque **amitié** ! J'ai secoué la tête. Si on décide d'avoir un signe de reconnaissance, il faut que ce soit quelque chose de beaucoup PLUS SÉRIEUX ! Quelque chose, quelque chose qui reste pour toujours, qu'on ne puisse pas enlever ou effacer facilement !

Smilla a éclaté de rire.

– Tu veux te faire TATOUER, ou quoi ?

Mais quand elle a vu mon regard, son envie de rire lui est vite passée.

– Merde, Bonnie. T'es sérieuse, tu ne veux quand même pas qu'on se fasse **tatouer** ?!

– Reconnaissez qu'un TATOUAGE, ce serait assez cool ! Je me suis mise à ricaner.

– En tout cas, les Amigos seraient impressionnés, a approuvé Nouca qui mâchouillait toujours.

Monti a dû avaler sa salive.

– Mais... ça ne fait pas mal ?

Fallait s'y attendre, elle avait la trouille ! Tss !

– Les Sœurs de Cœur ne connaissent pas la douleur ! Vous en êtes ? Assise à l'indienne, j'ai tendu le bras, d'un air décidé, au milieu de notre cercle. Nouca et Smilla ont hésité brièvement, puis ont posé leurs mains sur la mienne.

Pleines d'espoir, on a regardé Monti. Elle a fait la moue en mettant sa bouche en cul-de-poule et elle a soupiré. Mais elle a BEL ET BIEN fini par poser sa main sur les nôtres.

J'ai souri. « Une pour toutes, toutes pour toi ! »

~~CHAPITRE 9~~

Tout début est aussi une fin !
Ou quelque chose dans le genre...

Cette affaire de tatouage était donc une **CHOSE DÉCIDÉE** !

Bien sûr, c'était quand même toujours ~~un peu~~ terriblement difficile de sortir de la remise.

Certes Monti avait son *portable méga-top* sur elle, mais, comment dire, là, à l'intérieur, ça captait vraiment mal...

En plus, elle nous a déclaré qu'elle ne pouvait pas appeler son PÈRE parce qu'il était, en ce moment même, en Amérique. Et qu'elle ne pouvait pas appeler sa MÈRE non plus, parce qu'elle était chez un médecin pour se faire regonfler les lèvres...

Hein ?!

– Alors, il n'y a qu'UNE ISSUE ! a constaté Smilla en montrant du doigt la minuscule petite fenêtre dans le toit du hangar à machines.

Ensemble, on a poussé la caisse de pelles sous la lucarne ; ~~elle était super lourde~~ elle n'était pas si légère que ça. *Pfff*.

Comme Monti était la **PLUS GRANDE** d'entre nous, elle a grimpé en premier sur la caisse et a poussé sur la fenêtre pour essayer de l'ouvrir.

– Elle est coincée !

– Tu dois pousser PLUS FORT !

– Mais je vais me casser un ongle !!!

Heureusement, on n'a pas eu besoin de dire quoi que ce soit. Nos regards étaient en effet **SI NOIRS**, que Monti s'est quand même mise à appuyer plus vigoureusement. **ET TADAA !** Dans un grincement bruyant la lucarne s'est ouverte vers le haut ! *Yes* !!!

Monti s'est agrippée à l'encadrement et par l'ouverture s'est hissée sur le toit de la remise.

Comme Smilla était ~~franchement beaucoup plus petite~~ *un peu* plus petite que nous, je lui ai fait **LA COURTE ÉCHELLE** pour l'aider à grimper. Puis je me suis hissée moi-même sur le toit. *Tschakalaka* !

Dehors, la nuit était déjà en train de tomber. Toutes les trois, à travers la lucarne, on a regardé Nouca restée en bas.

– Allez, viens ! l'a appelée Smilla. Qu'est-ce que t'attends ?

– J'crois pas que je passe, là... a fini par murmurer Nouca. *Oups...*

Il y avait du vrai là-dedans. Tout compte fait, cette fenêtre de toit était assez étroite. Et Nouca était un peu fortement charpentée...

C'était quand même IMPOSSIBLE, évidemment, de l'abandonner là ! Je me suis retournée – et tout à coup, j'ai eu une idée trop bien !

– Mais tu n'as même pas besoin de passer par là.

J'ai sauté du toit de la remise et j'ai tout simplement repoussé LE CONTAINER À ORDURES avec lequel ces idiots d'Amigos avaient bloqué la porte. HA !

Quand Nouca a passé la porte, elle avait le visage ~~complètement comme une tomate~~ un peu ROUGE.

Je lui ai fait quand même un sourire.

– Une pour toutes, toutes pour... ?

– Toi... a terminé Nouca, et elle m'a retourné mon sourire.

Et force fut de constater que cette histoire de sœurs, maintenant, on la sentait déjà **SACRÉMENT** bien ! *Bien que Monti en fasse partie... grmpf.*

Le lendemain au collège, on s'est quand même évitées au début. Ben oui, ça aurait été totalement suspect, si Monti et Nouca s'étaient soudainement mises à traîner tout le temps avec nous. Au final, on était des SŒURS SECRÈTES et pas des potes. Basta !

Après la dernière heure de cours, nous nous sommes retrouvées EN SECRET au coin de la rue, là où s'assied d'habitude un vieux monsieur qui nourrit les pigeons. Monti portait de nouveau ses lunettes de soleil affreusement grandes.

– De qui donc portes-tu le deuil aujourd'hui ? De *Mère Teresa* ? ai-je ricané en revenant à la charge.

– De personne ! ! ! m'a lancé Monti d'un ton vénéneux. Je ne veux juste pas que quelqu'un me reconnaisse quand je **TRAÎNE AVEC VOUS**, Tête de caniche !

Et, vexée, elle s'en est allée d'un pas fier. Avec Smilla et Nouca, on a levé les yeux au ciel et on l'a suivie en rigolant.

On s'est arrêtées devant la BOUTIQUE DE TATOUAGE.

– Ça a l'air vachement sombre... a constaté Nouca tout en s'étranglant bien méchamment avec son chewing-gum. Hhheu, hhheu.

J'ai redressé les épaules.

– Les Sœurs de Cœur sont toujours courageuses et intrépides, c'est déjà oublié ?

Alors, AVEC UN COURAGE SANS FAILLE, je suis partie à l'assaut de la porte du magasin !

Un **tout petit** instant, j'ai quand même eu la trouille, parce que je n'entendais personne marcher derrière moi – et tout de suite, là, SANS LES AUTRES, je ne voulais pas non plus forcément rentrer là-dedans ! Puis elles ont QUAND MÊME fini par me suivre. Youpi !!!

La boutique était plutôt sombre et un peu vide aussi. Par contre, des images de GRANDS HOMMES FORTS avec DE GRANDS TATOUAGES SAUVAGES étaient accrochées à tous les murs.

Mais **le plus étrange**, c'était que, derrière le comptoir, était assise une toute VIEILLE MAMIE !

Ce que je veux dire, ce n'est pas *un peu* âgée ni *plutôt* âgée, non : la mamie était vraiment monstrueusement âgée ! Au moins CENT ANS ou quelque chose comme ça.

– Eh bien moi, je ne me ferai certainement pas tatouer par CETTE PERSONNE, a dit clairement Monti.

Et là, je n'ai pas vraiment pu la contredire.

Dans l'instant qui a suivi, une voix a retenti dans l'arrière-boutique, puis quelqu'un est apparu derrière un GRAND RIDEAU SOMBRE.

Et quand on a reconnu **QUI** était ce quelqu'un, les lunettes de Smilla, de peur, lui sont tombées du nez. *Gloups.*

– JO???

Jo a plissé les yeux d'un air soupçonneux.

– Qu'est-ce que vous fichez-là ? Puis elle a déposé une tasse de thé sous le nez de la grand-mère.

J'ai rassemblé tout mon incommensurable courage.

– Nous voulons ... UN TATOUAGE !

– Mais bien sûr. Jo s'est tapoté le front avec le doigt. Et demain, moi, je m'inscris à l'ÉCOLE DES PRINCESSES!

– N'hésite pas, si ça te tente, a dit Monti. Mais Tête de caniche a quand même raison. Nous voulons toutes nous **faire tatouer.**

Jo nous a fixées d'un air plutôt méchant.

– Vous avez un grain, ou quoi ?

J'ai ignoré sa question et me suis appuyée avec nonchalance au comptoir.

– Je ne savais pas du tout que tu travaillais ici...

– J'y travaille pas !

– Allons, ne sois donc pas aussi désagréable avec tes copains-copines, Joana ! La vieille dame s'était mêlée tout à coup à la conversation et sa voix était **très très éraillée, comme celle d'un corbeau.** Au moins deux cents ans...

– Ce sont pas mes copains, mamie !

Jo nous a regardées en grommelant, puis elle nous a expliqué :

– La boutique appartient à mon père.

Elle a fait un signe de tête en direction d'une photo, derrière le comptoir. On y voyait un très, TRÈS GRAND MONSIEUR MUSCLÉ tenant dans un de ses bras une très, TRÈS PETITE FEMME. Ils avaient tous les deux beaucoup, beaucoup de tatouages et d'une certaine façon, ils avaient l'air de s'aimer follement. Hi hi hi...

– Alors, peut-être peux-tu nous faire une RÉDUCTION ! lui ai-je proposé pour diriger de nouveau l'attention sur nos affaires.

Jo a levé les yeux au ciel et a soupiré.

– Bon. Donc, vous autres, les chemisettes à froufrous, vous voulez un tatouage. Et **POURQUOI**, si je puis me permettre ?

– Parce que nous sommes des Sicret Sisteurs ! ai-je dit en ricanant. DES SŒURS DE CŒUR TOTALEMENT SECRÈTES ! Et nous voulons sceller cela par un tatouage ! Et pas de la gnognote !!!

Monti et Smilla ont retenu leur souffle, effrayées et Nouca s'est étranglée une fois de plus avec son nouveau chewing-gum !

L'instant d'après, Smilla m'a tirée en arrière et une fois près d'elle, m'a soufflé, CARRÉMENT EN COLÈRE :

– **Tu déconnes ?! Tu ne peux pas tout lui raconter, simplement comme ça !!!**

– Les Sicret SISTEURS sont complètement secrètes ! a dit Monti qui se rangeait à son avis.

Nouca a acquiescé rapidement de la tête.

– On l'a pourtant écrit dans notre CODE !

J'ai fait un sourire.

– Oui ! Mais je trouve que Jo devrait absolument devenir une des nôtres !

Nouca et Monti m'ont regardée comme si je venais de mettre le feu à un chat. Ce que, bien sûr, je ne ferai **jamais** !!! J.A.M.A.I.S !!!

– T'es COMPLÈTEMENT CINGLÉE là, ou quoi, Tête de caniche ?! a sifflé Monti en me lançant un coup de pied dans le tibia. Mais je me suis évidemment tout de suite reculée. On m'attaque !!!

– Les Amigos ont une TROUILLE BLEUE d'elle ! Et elle est toujours seule ! Donc une sœur lui serait **vraiment bien** utile et, nous, nous avons besoin d'ELLE !

– Maintenant, vous la mettez en veilleuse, les **PETITS BOUTS DE CHOU À LEUR MAMAN !** Jo a croisé les bras sur sa poitrine. Je préférerais manger mon bonnet que de faire quelque chose avec vous !

J'ai pris une profonde inspiration et je suis allée courageusement vers elle.

– Nous sommes Sœurs de Cœur, Jo. Et c'est déjà une **sacrée bonne chose**, quand on n'a pas sa propre sœur ! Parce que nous sommes TOUJOURS là les unes pour les autres ! Nous nous défendons. Et nous nous AIDONS les unes les autres ! Ensemble nous sommes beaucoup, beaucoup plus fortes que toute seule ! Oui, Madame !

Jo a paru réfléchir un moment. Puis elle a soufflé sur ses cheveux pour dégager de son visage une mèche noire qui avait réussi à s'échapper du bonnet de laine.

– Peut-être que tu ne l'as pas encore remarqué, boucles d'abricot, mais JE N'AI PAS BESOIN D'AIDE !

Et maintenant à la niche, vous dégagez, sinon je vais derrière chercher Godzilla ! Et là, on pourra voir combien vous êtes fortes, **EN RÉALITÉ** !

– Je pensais qu'on n'abandonnait pas avant que la DERNIÈRE PLANCHE DE SALUT n'ait sombré ! ai-je rouspété, après que les autres m'ont tirée ~~contre ma volonté~~ en dehors de la boutique !

– Mince, Bonnie ! a rouspété Smilla en retour. Avec Joana, il n'y a **AUCUNE PLANCHE DE SALUT**, tu captes pas ça ?

– Et puis j'avais vraiment pas envie que son chien monstrueux mette mon jean en morceaux, a rajouté Monti. C'est que, celui-là, je l'ai payé vraiment très, très cher !

– On aurait au moins pu se faire **tatouer** vite fait ! ai-je continué à râler, parce que j'étais ENCORE BIEN LOIN de décolérer ! Grrrrr !

– Cette idée de tatouage était totalement stupide, dès le début ! m'a balancé Monti à la figure. Tout comme cette idée que, nous toutes ici, on puisse être SŒURS ! Elle a éclaté de rire. Le Rollmops, Einstein, Tête de caniche et MOI ! Mais c'est de la **folie complète** ! On a aussi peu de choses à faire ensemble que du dentifrice et des frites !

D'un air surpris, Nouca a regardé Monti en clignant des yeux.

– Mais... mais toi AUSSI, tu souhaitais avoir une sœur.

– Une sœur, oui, a reconnu Monti. Mais pas un TAS DE RATÉES comme celui-là ! Qu'est-ce qu'on fait déjà ? On écrit un code d'honneur et on se laisse enfermer dans la remise ! Et en plus, là-dedans, on s'est aussi laissées mettre minables par GOTHIC GIRL ! **Ça suffit pour moi !** Là, ça n'a vraiment RIEN à voir avec des sœurs !!!

Quelle insolence ! Je voulais absolument lui rétorquer quelque chose de **super malin**, quelque chose qui affirmerait qu'on serait quand même capables d'atteindre beaucoup de grandes choses en tant que SŒURS ! Mais malheureusement, dans l'instant, franchement rien de bien senti ne m'est venu à l'esprit... *Grmpf.*

Et puis, soudainement, Smilla aussi a baissé les bras.

– Peut-être que Monti a raison. Donc, peut-être qu'on ferait mieux de laisser tomber cette histoire de sœurs...

– Mais... mais... De peur, Nouca en a avalé son chewing-gum.

– Comme vous voulez ! ai-je dit d'un air buté. Alors, on laisse juste tomber !!!

Et puis je suis partie de là super en colère. Parce que j'avoue que, tout à coup, j'avais **zéro virgule zéro envie** de DEVOIR TOUT LE TEMPS MOTIVER TOUT LE MONDE ! Argh !!!

– Attends, Bonnie ! a crié Smilla en courant derrière moi. Parce qu'on était certes plus des sœurs, mais on était tout de même des **amies** !

Quand je me suis de nouveau retournée, au coin de la rue, Monti avait déjà disparu. Fallait s'y attendre...

Seule Nouca était, encore et toujours, plantée là. Mais ça venait aussi peut-être du fait qu'elle était un peu fortement charpentée et qu'elle n'avait pas facilement envie de bouger...

~~CHAPITRE~~ 10

Que les Amigos vivent un enfer !
(Et pas qu'un peu !!!)

D'une certaine façon, on peut dire que les jours qui ont suivi ont été ~~un peu~~ carrément nuls.

Certes, Smilla et moi, nous étions encore potes – finalement, c'était bien ma S.M.M.A.D.M.E.D.T.L.T.E.! mais je voulais quand même avoir une sœur, c'était une urgence totale ! Absolument impérative !

Avant tout parce que, bien sûr, mes idiots de frères m'**ASTICOTAIENT** de nouveau, et à un point ! Et, comme de bien entendu, je ne pouvais pas compter le moins du monde sur papa et maman ! Grmpf.

Papa était en effet dans ses *tout derniers* préparatifs pour le nouveau tournage de LA GARÇONNE.

Et à chaque fois, ça ressemble à peu près à ça.

1. Il se balade, matin et soir, torse nu dans sa culotte de cuir à bretelles.
2. Il fait du sport devant la télé. Ou en tout cas, un truc dans le genre.
3. Il ne se nourrit que de carottes ratatinées.
4. Il est d'une humeur assez monstrueusement **massacrante**!!! (Ce qui, je suppose, a à voir avec les points 2 et 3...)

En tout cas, quand un de ces matins, Néo et Luke ont tartiné mes nouvelles baskets de NUTELLA (Beueueueurk) et que je suis allée me plaindre à papa, **vraiment à raison**, il a juste balancé de colère une CAROTTE FRIPÉE sur le mur! Puis il a rouspété sur tout le monde **EN EXAGÉRANT À MORT** :

– Je ne vous ai pas donné des noms de SUPER-HÉROS de l'Histoire du cinéma, pour que vous vous contentiez de tartiner vos fringues avec de précieuses calories!!!

Je crois qu'il était juste ~~grave furax~~ plutôt frustré, parce qu'il aurait lui-même tellement aimé plonger sa carotte dans le Nutella. Mais ensuite, après ça, il ne serait plus rentré dans sa culotte de cuir **ULTRA SERRÉE**... *On ne peut pas tout avoir !*

Au fait, cette histoire de SUPER-HÉROS, c'est véridique. Vous avez certainement déjà été surpris de constater qu'on porte tous des NOMS BIZARRES ici.

Et la raison, c'est que papa a **trop regardé la télé !** C'est pour ça que mes frères et moi on a des noms de PERSONNAGES DE FILMS super connus :

- BONNIE : Une sorte de **fiancée de gangster**, qui, avec son mec, Clyde (ça se prononce CLAÏDE, ce qui est quand même à peu près le nom plus ridicule qui soit pour un gars !!!) a DÉTROUSSÉ tout plein de gens. En fait, je trouvais ça plutôt cool, jusqu'à ce que j'entende dire que Bonnie and Clyde crèvent à la fin... *C'est vraiment nécessaire ?!*
- NÉO : Un **type tellement ennuyeux**, avec un long manteau de cuir, qui fait sans cesse pleuvoir du ciel des colonnes de chiffres mathématiques venus d'on ne sait où. *À mourir d'ennuiiiiiii... !!!*

- **LUKE :** Un mec en TENUE DE JUDO qui gesticule et fend les airs dans tous les sens avec son **sabre laser** et qui n'a aucune idée de qui est son père ! Autre chose, sinon ?!

- **VITO :** Un chef de la Mafia. Celui-là, il mange vraiment beaucoup de pizza et fait zigouiller un paquet de gens. (Je ne sais vraiment pas ce que papa trouve de si cool là-dedans ! Sauf pour la pizza, là je vois, mais pour le reste... ?!)

Enfin, bref. En tout cas, mon **nom de super-héros** ne m'a pas été d'une quelconque utilité dans cette histoire de baskets au Nutella !

Maman était une fois de plus beaucoup trop stressée pour s'en mêler. Faut dire qu'elle est **PROFESSEURE.** Et dans ce cas-là, si on n'est pas stressé, c'est dans tous les cas qu'on ne fait pas bien son boulot ! C'est ce qu'elle dit !

Quoi qu'il en soit, en essuyant mes chaussures chocolatées avec des lingettes, je souhaitais avoir enfin une sœur, cela devenait vraiment plus pressant QUE JAMAIS auparavant !

Avec une sœur à mes côtés, j'aurais en effet pu élaborer des PROJETS DE VENGEANCE. Par exemple :

- Pschitter le cartable de Luke avec le **PARFUM** de maman ! Pouah !
- Coller une tranche de fromage qui pue, vraiment dégoûtant, dans la boîte à goûter de Néo ! HAAA !
- Asperger les cheveux de Vito de PEINTURE ROSE pendant qu'il dort ! Nananère !

Mais bon, c'était mort en quelque sorte, cette histoire de **Sœurs de Coeur**...

Pourtant, au collège, je n'arrivais à me concentrer sur RIEN D'AUTRE, que dalle. Au lieu de cela, sur tout mon cahier de maths, j'ai griffonné les tatouages que nous, les SICRET SISTEURS, on aurait pu se faire marquer à la pointe d'aiguille.

Voilà celui que je trouvais le plus cool :

En effet, ça signifie SISTEURS mais sans les voyelles entre les consonnes. Super énigmatique !

Les Amigos n'auraient absolument rien pigé en tout cas, parce que, de fait, ils sont trop ~~cons~~ inférieurement intelligents et ne peuvent saisir de tels secrets furtifs et méga-malins !

En tout cas, je trouvais mon tatouage **MÉGA-COOL**. Smilla aussi, mais malgré cela, elle ne voulait plus du tout entendre parler de notre histoire de sœurs...

Et Monti et Nouca non plus.

Monti nous a MÉCHAMMENT ignorées toutes les trois, mais ça ne m'a pas gênée du tout, parce que de toute façon, moi, depuis le début, je ne voulais rien avoir à faire avec elle ! Pah !

Qu'elle traîne donc avec Michael Jackson.

Ou avec son *super-papa ultra-riche* !

Et Nouca ne nous parlait pas non plus. En effet, ce n'était pas possible de parler, puisqu'elle se fourrait tout le temps n'importe quel truc à **MANGER** dans la bouche. Miam, miam, miam.

Il n'y avait que Jo qui nous observait tout le temps, de façon **super insistante**, dehors dans la cour, et quand j'ai regardé dans sa direction, elle a ricané et fait un signe avec sa main LE LONG DE LA GORGE.

– Je crois qu'elle nous aime bien, ai-je alors murmuré à Smilla.

Mais Smilla s'est contentée de lever les yeux au ciel en soupirant.

– Elle nous aime à peu près autant **que toi et moi, on aime avoir la diarrhée !**

Et ça m'a quand même un peu irritée... Beurk !

En tout cas, les jours ont passé comme ça, sans qu'apparaisse le **MOINDRE MINUSCULE PETIT** signe de changement laissant espérer une vie plus juste. De fait, je n'avais encore toujours :

- → pas d'iPhone !
- → pas mon propre cheval !
- → et pas de SŒUR !!!

Et c'est alors qu'est arrivée la SORTIE SCOLAIRE. Et on peut dire qu'elle a quasi **TOUT** changé ! Ben, évidemment pas tout de suite, mais au moins, pour une fois, il y a eu le début de quelque chose... Bam !

Ce que vous devez savoir, c'est que tout le collège participe chaque année à une sortie scolaire avant les grandes vacances. Parce que « *cela lance un défi à toute la collectivité de l'école et renforce notre-sentiment-d'appartenance à cette communauté et...* » Bla-bla-bla et bla-bla-bli !

Pourtant tout le monde sait, **même les bébés Cadum**, que l'excursion scolaire permet surtout d'ÉCHAPPER AU COURS DE MATHS, au moins un jour !

Cette année, nous sommes tous allés au LAC DES MOUSTIQUES. Il s'appelle comme ça parce que... ben, vous pouvez l'imaginer sans doute ! Bzzz, bzzz, bzzz, qui ne souffle pas, n'a pas de braisezzzz. ☺

En tout cas, le collège a réservé plusieurs BUS exprès pour l'excursion, et puis ils nous ont **tous rassemblés dans la cour** et conduits au lac.

Notre classe a partagé un bus avec la **6e C** et c'était assez bête. Parce que ~~ce petit emmerdeur de~~ Kolya est en 6e C. Et Jo aussi. Et ça, ça faisait déjà VRAIMENT DEUX raisons MAJEURES, de trouver que la 6e C c'était ~~un peu~~ **monstrueusement** dommage... Oh oui !

Afin que tout ce petit monde ne se mélange pas, au bord du lac, on devait aussi installer notre campement

À CÔTÉ des 6e C. Ce n'était ~~pas un problème~~ pas un si grand problème puisque, **de toute façon**, nous étions **tout le temps dans l'eau.**

Du haut du ponton, Smilla et moi avons sauté dans le lac ~~prudemment~~ tout de suite super courageusement !

Monti, naturellement, ~~n'était pas aussi courageuse que nous~~ était UNE VRAIE FROUSSARDE ! Elle portait une sorte de bikini scintillant super chic stupide et a pénétré dans l'eau calme, telle une cigogne, pas à pas. Ce faisant, son visage **se tordait de douleur**, et lorsque Smilla et moi l'avons éclaboussée à fond ~~volontairement~~ par mégarde, elle s'est mise à couiner comme le VIEUX PORTAIL ROUILLÉ DU COLLÈGE. Haha !

Ce qui nous a tous le plus surpris, c'est que Jo aussi était à l'eau – et elle portait un maillot de bain de princesse, tout rose, trop ridicule !

Naturellement, je n'ai pas pu pas m'empêcher de regarder dans sa direction, parce que sinon, d'habitude, Jo ne porte que du noir. Mais lorsqu'elle l'a remarqué, elle m'a immédiatement hurlé dessus, super en colère :

– **Si tu continues à me mater comme ça, je t'attache un seau de ciment au pied !**

Et là, j'ai préféré me dépêcher de regarder de nouveau ailleurs. Parce que je suis persuadée qu'avec un seau de ciment au pied, on ne peut ~~pas si bien~~ pas du tout nager... Bloup.

Mais une élève de la classe de Jo, Clarissa, a entendu la façon dont Jo m'a crié dessus, et elle m'a expliqué :

– Elle est de mauvaise humeur, parce que son père lui a mis le *mauvais* maillot de bain dans son sac.

Et comme un **maillot de bain de princesse, tout rose,** c'est vraiment gênant, j'ai eu un peu pitié de Jo. Mais juste un tout petit peu, tout minuscule...

Nouca aussi portait un maillot de bain totalement étrange. Avec de légers FROUS-FROUS sur le côté, et malheureusement c'~~est complètement à côté de la plaque ce~~ n'est pas vraiment flatteur quand on est *un peu plus fortement charpentée* que la moyenne...

C'est pour cette raison que Nouca n'a passé que **très peu de temps** dans l'eau et que sinon, elle est restée à nous regarder, assise la plupart du temps sur le ponton, enroulée dans sa serviette. Elle avait près d'elle un gros sac en forme de nuage et elle s'est mise à manger. Miam, miam, miam.

Heureusement, on n'a pas eu en plus les Amigos pour nous casser les pieds, parce qu'ils ont passé tout leur temps à tournicoter dans les roseaux, à la recherche de crapauds sur qui balancer leur **bave visqueuse**. De vrais mômes...

En tout cas, la journée d'école a passé super vite. À un moment, Monsieur Strounz a braillé à la cantonade qu'on devait tous SORTIR DE L'EAU parce que le bus démarrait dans une demi-heure ! Et c'est alors que l'événement VRAIMENT HORRIBLE est arrivé :

Quand nous sommes retournées à nos serviettes, nos fringues avaient disparu ! En tout cas, au moins les miennes et celles de Smilla ! Ouaaah !!!

Alors que nous cherchions partout, Monti s'est soudainement mise à hurler de façon complètement hystérique, parce que sa robe dorée scintillante avait disparu.

– Elle coûte super cher ! C'est mon daaaaddy qui me l'a rapportée de New York !!!

Et Nouca, levant le nez de sa serviette, a cligné des yeux d'un air ~~assez idiot~~ **tout à fait navré**. En effet, ses affaires avaient, elles AUSSI, DISPARU.

Par-dessus le marché, bien qu'à ce moment-là j'avais VRAIMENT déjà d'autres problèmes à régler, Jo est arrivée en trépignant.

– Si TU as quelque chose à voir avec cette histoire, je te ficelle tes boucles abricot au derrière ! a-t-elle sifflé en s'agrippant des deux mains à mes bretelles de bikini. *Raboule mes fringues !!!*

– T'es aveugle ou quoi ?, s'en est mêlée Smilla en repoussant Jo, ~~tout en douceu~~r, **courageusement**. Les fringues de Bonnie ont aussi disparu ! Comme les miennes et celles de Monti et de Nouca !

Alors, Jo a regardé autour d'elle et elle a remarqué que c'était pas du pipeau...

Et, tout à coup, j'ai eu une ILLUMINATION ! Bling !

– Ce sont sûrement les AMIGOS qui ont fait le coup ! ai-je dit.

Mais ça n'a pas suffi. Jo, super fâchée, n'a fait que grommeler et s'en est allée d'un pas vif.

Ces **idiots d'Amigos** n'ont évidemment absolument pas reconnu le moins du monde avoir caché nos vêtements quelque part ! Ces satanés crapauds baveux !!!

L'école entière a cherché dans TOUS les coins, mais on n'a rien trouvé. *Grmpf.*

Au bout d'un moment Monsieur Strounz, le monstre de la puanteur, a dit :

– Nous ne pouvons pas chercher éternellement. Maintenant, il va bien falloir que vous montiez comme ça dans le bus.

Et effectivement, on n'a pas eu le choix.

Et je peux vous dire : c'était SUPER MÉGA GÊNANT !

Tous les autres ont chuchoté et rigolé quand Smilla, Nouca, Monti et moi, on est descendues du bus devant le collège, juste enroulées dans nos serviettes. *C'est vraiment pas juste...*

Il n'y a que pour Jo que personne n'a rigolé.

Parce que personne n'avait envie qu'elle aille chercher GODZILLA.

Mais elle a quand même dû faire tout le chemin jusque chez elle dans son **maillot de bain de princesse tout rose**. Et elle avait l'air très, TRÈS remontée.

– Que les Amigos vivent un enfer, ai-je sifflé, alors que Smilla et moi, nous prenions le chemin du retour pour rentrer chez nous, trempées.

– Et pas qu'un peu !!! a acquiescé Smilla.

CHAPITRE 11

Une deuxième chance pour les Sœurs de Coeur

Maman a évidemment appris la disparition de mes vêtements, vu qu'elle a **participé à l'excursion**. Mais elle s'est quand même refusé à râler sur Luke, Néo et Vito. C'est trop injuste !!!

– Écoute Bonnie, il n'y a pas de preuves que ce soit tes frères qui aient fait le coup !

– Il n'y a pas de preuves non plus que ce ne soit **PAS** eux, lui ai-je répondu en râlant.

Mais maman a juste dit :

– Réglez cette affaire entre vous ! Une fois de plus…

Naturellement, ce n'était absolument pas simple du tout de régler cette affaire *entre nous*, parce que mes frères étaient **À TROIS** (encore et toujours) et moi **TOUTE SEULE** (encore et toujours !!!). Et ma mauvaise humeur a donc encore empiré un peu énormément !

Le lendemain matin, on avait de nouveau cours et ça n'a pas amélioré l'ambiance. *Grmpf*.

La sonnerie de la première heure venait de retentir quand la porte de notre classe S'EST OUVERTE VIOLEMMENT. Tous pensaient bien sûr que **Strounz, le monstre idiot des maths**, allait entrer dans la pièce et nous distribuer ses petits papiers, mais c'était... JO !

Elle était de nouveau habillée en **NOIR** de la tête aux pieds et avait l'air très, très en colère. Mais peut-être bien qu'elle était juste très, très concentrée. En tout cas, elle a cligné des yeux sous son bonnet, d'un air plus décidé jamais et a pointé du doigt **Smilla, Nouca, Monti et moi**, les unes après les autres.

– Toi, toi, toi, toi ! *Vous venez avec moi !*

Monti, super gênée, a balbutié à la ronde :

– Mais... mais nous...

– Nous avons maths maintenant, a traduit Nouca, pour elle.

Mais ça n'intéressait pas Jo.

– Qu'est-ce que vous n'avez pas compris dans VOUS VENEZ AVEC MOI ?

Et donc...

- **premièrement**, comme nous ne voulions pas nous prendre la tête avec Jo, même pas un peu, et,
- **deuxièmement**, comme nous n'avions aucune envie, somme toute, d'assister au cours de maths, promptement,

…nous avons suivi Jo d'un pas pesant. Allez, allez!

Jo nous a conduites dans la cour, derrière le mur du garage à vélos. Nous nous tenions en cercle toutes les quatre et nous imaginions vraiment le PIRE DU PIRE. Par exemple, que :

- Jo allait nous ficeler les unes aux autres et nous **noyer dans l'étang du collège** !
- Jo voulait nous **emmurer** vivantes **dans du ciment** !
- Jo nous dépècerait en petits morceaux pour **nourrir Godzilla** !

Au lieu de cela, Jo s'est contentée de nous lancer des regards lugubres et a fini par grommeler :

– Bon d'accord, vous avez gagné ! Les CHIEURS DES MARAIS sont allés trop loin !

Smilla et moi, on s'est jeté un regard ~~complètement idiot~~ très surpris. Puis Smilla s'est raclé la gorge :

– Tu veux dire… les *Amigos* ?

– Nan, je veux dire les ROIS MAGES! lui a craché Jo d'un ton vénéneux en levant les yeux au ciel. Bien sûr que je parle des Amigos! De qui d'autres sinon, **tête d'abrutie?!**

Et là vraiment, je n'ai pas pu m'empêcher de rire un instant. Car personne n'avait encore jamais affirmé que Smilla puisse être d'une façon ou d'une autre une **abrutie**. Parce qu'en fait, elle est plutôt très très maline. Et comment!

– Quoi qu'il en soit, je me suis dit... a continué Jo en reprenant profondément sa respiration. Maintenant, je vais quand même participer à votre truc.

– **Quoi?!** De peur, Monti s'est étranglée avec sa propre salive.

– Ben, à votre histoire de sœurs, a expliqué Jo. À cinq, on peut mettre au point plus de choses. Ces **satanés suce-pouce** n'auraient pas dû voler mes fringues! Je veux qu'ils se prennent un RETOUR DE BÂTON qu'ils ne seront pas prêts d'oublier!

À ce moment-là, je n'ai pas réussi à dire quoi que ce soit parce que, de fait, je n'arrivais pas à m'empêcher de sourire de toutes mes dents.

Smilla aussi est restée quasiment sans voix.

Il n'y avait que Monti, évidemment, à devoir **absolument** continuer à parler. C'est pas vrai !!!

– Tu n'as pas l'air au courant, Gothic Girl, pour info : les Sicret Sisteurs sont mor- **MAAAÏE !!!**

Sans doute voulait-elle dire « *mortes* », mais elle n'y est pas arrivée, en effet Nouca lui a décoché un coup de pied de folie dans le **tibia**. À fond les ballons !!!

Quand Smilla et moi, on l'a fixée d'un air surpris, elle a juste bredouillé à voix basse :

– C'est que je trouverais ça **quand même vraiment pas mal** que les Amigos se prennent un bon retour de bâton. Et maintenant que Joana est prête à y contribuer aussi, alors...

Incrédules, Smilla et moi, on s'est tournées vers Jo. Elle serrait les lèvres l'une contre l'autre :

– Mais que ce soit clair : on n'est **PAS POTES** ou un truc dans le genre !

J'ai vite secoué la tête.

– Pas du tout ! Nous sommes des SŒURS ! Une pour toutes, toutes pour...

– Oh là, vise l'excitation, on se calme Boucles d'abricot, m'a interrompue Jo, puis elle est repartie, purement et simplement, vers le collège. Ploum, ploum, ploum.

Smilla, un peu incertaine, lui a crié :

– Et maintenant, ça donne quoi la suite ?

– Après les cours ! a répondu Jo en braillant. Chez nous, à la boutique !

Et puis, elle a disparu…

Nouca, Monti, Smilla et moi, on a quand même traîné un bon moment derrière le mur du garage à vélos. Parce qu'en effet :

- **premièrement**, on n'arrivait pas du tout à croire à ce qui venait de se passer à l'instant, et parce que…
- **deuxièmement**, on n'avait toujours pas envie d'aller rejoindre le M+M (= Maths + Mauvaise haleine !).

En plus, Monti faisait toujours une tête super tourmentée. À peu près comme si un oncle inventé venait *de nouveau* de décéder.

– Je ne crois vraiment pas, que ce soit une **bonne idée**.

– Pas de problème. Tu n'as plus qu'à expliquer à Jo que tu NE participes PAS à tout ça, lui ai-je dit en ricanant. Parce que je savais parfaitement que Monti préférerait manger ses lunettes de soleil que de refuser quelque chose à Jo. Hi hi !

– Allez les filles, on y va, ai-je fini par dire. Nous, les SŒURS, on devrait se serrer les coudes ! Et j'ai tendu ma main au milieu du cercle.

Nouca a fait de même, en premier, et puis Smilla. Et à la fin, même Monti a posé sa main sur les nôtres.

Et cette fois on a dit, *certes* doucement, mais toutes ensemble :

– Une pour toutes, toutes pour toi !!

CHAPITRE 12

Godzilla et autres cochonneries

– Comme c'est bien que Joana invite enfin quelques AMIES à la maison ! Sinon elle ne passe ses **après-midis** qu'avec sa mamie...

Le père de Jo était BEAUCOUP PLUS GRAND encore que sur la photo et au moins **aussi large !** À part son visage, tout son corps était entièrement recouvert de TATOUAGES ~~inquiétants~~ mystérieux et il avait des biscoteaux gros comme des PASTÈQUES !

Mais son sourire était très, très gentil et nous faisait à peu près autant de bien que le chocolat chaud qu'il a placé devant nous sur la table. Mmmmmh.

Jo a secoué la tête de façon vraiment exagérée.

– Ce sont pas mes POTES, papa ! Nous ne faisons que travailler à un projet commun. Et ce serait véritablement super super cool que tu ne nous déranges pas pendant ce temps-là !

Son père a écarté les mains avec innocence.

– Si vous voulez encore des petits-beurres, je suis devant, dans la boutique !

– Ton papa est vraiment sympa, ai-je dit après qu'il a refermé la porte derrière lui.

Monti a levé les yeux au ciel et a ricané :

– Regarde-moi ça ! La *Tête de caniche* veut **faire de la lèche**.

– Pas du tout ! Tss !

– On peut s'y mettre, là ? nous a interrompues Jo et au son de sa voix, n'importe comment, on avait l'impression qu'elle était fâchée. Ce n'est pas pour mon père qu'on est ici quand même, et **TRÈS CERTAINEMENT** pas pour le plaisir !

J'ai fait un signe de la tête en direction de Smilla et elle a sorti courageusement notre CODE D'HONNEUR de son sac.

– Qu'est-ce que c'est que ça ? a demandé Jo quand son regard est tombé sur le petit papier.

– Notre code d'honneur !

– *C'est quoi ce truc* ?!

– Notre **Co-de-d'hon-neur !** a expliqué Smilla de façon claire et nette, mais sa voix était quand même un peu sérieuse. Si tu veux faire partie des SŒURS DE CŒUR, tu dois l'approuver.

– T'as **sniffé** trop longtemps **ton effaceur**, Einstein ? Jo a secoué la tête, désarçonnée. C'est quand même pas une RÉUNION DE POUPÉES BARBIE ici !

– Et on n'est pas des poupées Barbie, mais les Sicret Sisteurs ! Et c'est aussi pour ça que le code d'honneur est SUPER IMPORTANT ! ai-je répondu pour défendre Smilla. En effet, si tu veux devenir une SOEUR, et bien tu le deviens pour TOUJOURS, pour TOUJOURS et À TOUT JAMAIS, et pas seulement pour quelques jours ! Et toc !

Nouca a acquiescé d'un air sérieux, mais son double menton la gênait ~~pas mal~~ un peu.

– **Les amitiés** peuvent se briser. Mais SŒUR, tu le restes pour toujours !

Quand Jo l'a fixée d'un air interrogatif, même Monti a froncé son petit nez, pour montrer qu'elle était d'accord avec nous.

– Je le dis vraiment à regret mais : TÊTE DE CANICHE et le ROLLMOPS ont raison. **Si on va jusqu'au bout ici, alors faut le faire pour de vrai !**

Pendant un moment, on a pensé que Jo allait nous FLANQUER DEHORS sur-le-champ, jusqu'à ce qu'enfin, elle se mette à gémir :

- Si vous voulez. Je vais l'approuver alors, votre Chiottes d'honneur à la noix... !

- Ça s'appelle un CO-DE ! a fait remarquer Smilla d'un ton **hyper professoral**. Et tu ne l'as ENCORE MÊME PAS lu !

Jo lui a pris le papier des mains d'un air buté et a commencé à lire. Quand elle a eu terminé, **super énervée**, elle nous a fixées.

– On peut commencer maintenant ?

– Il nous reste à prêter SERMENT, a dit Nouca en passant et une fois de plus, elle mâchouillait un chewing-gum dans tous les sens. Pour vraiment bien sceller toute la chose !

Ce n'était pas une mauvaise idée... mais c'était juste ballot qu'on n'ait absolument aucun serment. Dommage...

Gênée, Nouca s'est raclé la gorge.

– J'ai préparé **un petit quelque chose**.

On a d'abord pensé qu'elle voulait dire QUELQUE CHOSE À MANGER, mais, les doigts tremblants, elle est allée pêcher un bout de papier au fond de son sac. Et sur celui-ci, il y avait véritablement et SANS MENTIR un vrai SERMENT ! *Waouh* !

On était tellement surprises, Smilla et moi, que **les yeux** nous en sont **presque** sortis de la tête. Nouca avait préparé un *serment*. Dans quel monde une telle chose était-elle possible ?!

Visiblement, Nouca a interprété nos regards comme une sortent de prière, car l'instant d'après elle s'est tout de suite mise à lire, toute excitée :

– Nous voulons être Sœurs de Cœur,
et dorénavant, aucune de nous n'est plus seule !
Nous nous aidons les unes les autres,
quel que soit le danger,
pour les autres, toujours, nous sommes là,
complètement là !
Oh sœur, avec vigueur, mon cœur bat pour toi :
Une pour toutes et toutes pour toi !

Alors, pour la première fois, la pièce est devenue plutôt calme. Parce que nous étions toutes ~~un peu~~ complètement hyper surprises !

En effet, le serment de Nouca était ~~vraiment coo~~l SUPER MÉGA TOP COOL ! Waouh !

Monti a retrouvé l'usage de la parole en premier. Elle a haussé ses épaules pointues, comme si la chose n'avait pas la moindre importance pour elle.

– Soit, si vous voulez, on peut laisser le serment comme ça...

Smilla a redressé ses lunettes.

– T'as vraiment bien assuré, Nouca !

– Bien ? Ton truc, c'est TROP DE LA BALLE ! ai-je dit pour corriger Smilla. Je n'aurais absolument pas pu imaginer **un meilleur serment** pour les SICRET SISTEURS ! Sans mentir !!!

Nouca est devenue ~~toute rouge comme une tomate~~ un peu rouge et a encore vite fait glissé un chewing-gum dans la bouche. Et un sourire d'abord **tout petit**, puis très large est apparu sur son visage.

Jo a soufflé d'un ton énervé.

– Bon, est-ce qu'on peut *enfin* s'y coller *maintenant* ?

Nous autres, on a fait oui de la tête et on a mis nos mains devant nous au milieu du cercle. Lorsque Jo a posé elle aussi sa main sur les nôtres, d'un ton très très

SOLENNEL, nous avons prononcé notre nouveau serment !

Tadaaaa !

Après coup, nous étions toutes encore un peu étourdies, parce que c'était tellement ÉMOUVANT et c'était un **moment super super important** dans notre vie ! Oh oui!

Mais une fois de plus, Jo, évidemment, n'a pas pu s'empêcher de reprendre la barre de façon FORT PEU SOLENNELLE.

– Alors les taches, est-ce que l'une d'entre vous aurait déjà un plan, pour qu'on fiche une bonne branlée à ces LOURDAUDS ?

Ha ! C'était **MON** heure ! En effet, depuis bien longtemps déjà, j'ai réfléchi à la façon dont on pourrait procéder contre les Amigos.

– En **TOUT PREMIER LIEU,** on lance **GODZILLA** à leurs trousses ! De peur, ils vont *se pisser dessus* dans leurs shorts de foot ridicules ! Hi hi !

Et à cet instant, j'ai soudainement remarqué une chose ~~très importante~~ PAS SI ACCESSOIRE que ça.

– Où est-ce qu'il est au fait ?

Jo a plissé les yeux.

– **Qui ?**

– Ben, Godzilla !

Tout à coup, Jo s'est mise à gratter très nerveusement son bonnet. Grat, grat.

– Godzilla est... pas ici ! Pas **aujourd'hui**, en tout cas ! **SINON**, oui, bien sûr !

Monti a froncé les sourcils.

– C'est clair pour toi, Gothic Girl, que nous, les SICRET SISTEURS, on ne se ment pas les unes aux autres !?! Sinon, on te met à la porte illico presto !

Jo a plissé les yeux encore un peu plus fort, comme si elle voulait griller Monti avec son regard comme un POULET RÔTI. Mais tout à coup, elle a soupiré et a baissé les bras.

– Bon. Mais si vous le racontez, je vous arrache les **ONGLES**, compris ?! Aïe !

J'ai dû avaler un peu ma salive.

– Qu'est-ce qu'on ne doit pas raconter... ?

Jo a hésité un moment, puis elle s'est levée. D'un pas traînant, elle a disparu de sa chambre.

Monti s'est penchée vers nous, incertaine.

– Vous pensez que c'était du sérieux cette histoire d'ongles ? C'est que je sors juste de la MANUCURE ! Et ça m'a **VRAIMENT** coûté les yeux de la tête.

Smilla a levé les yeux au ciel. Elle voulait la soigner avec UNE BONNE FORMULE, HYPER MALINE, mais elle n'a pas eu le temps de le faire.

Car l'instant d'après, **JO** a pénétré dans la pièce.

Et dans ses bras, elle tenait :

~~un goret rose~~ **le plus super mignon** de tous les PETITS BÉBÉS-COCHONS du monde !!! Gruiiiiiii !!

Nouca a ouvert la bouche, incrédule :

– Ça, ce serait... ?

– Si j'entends ne serait-ce qu'UN mot de travers sur Godzilla, je METS LE FEU à vos baskets ! Jo a lancé des éclairs noirs à la ronde.

Je me suis levée lentement et je suis allée vers elle.

– Est-ce que je peux... le prendre un peu ?

Jo a hésité un instant, puis, avec précaution, elle m'a mis le petit goret tout rose dans les bras. Grouic-grouic !

– Mais il faut que tu fasses **ATTENTION**. Ne le serre pas trop fort ! Et le berce pas dans tous les sens, parce que ça le fait *gerber !*

Je ne pouvais pas m'empêcher de sourire. Godzilla était vraiment mignon, **super méga trop chou!**

Smilla, Monti et Nouca se sont elles aussi approchées de nous avec douceur et ont caressé le petit cochon. Et tout à coup, j'ai remarqué quelque chose d'étrange.

– Est-ce que, par hasard, Gozilla serait... *tatoué*?

Effectivement, d'un côté, on distinguait sur sa peau des signes noirs. Trop chelou !

Jo a pincé les lèvres et m'a pris le goret des bras.

– N'allez pas vous imaginer, que c'est mon père qui a fait le coup! **JAMAIS, AU GRAND JAMAIS,** il ne ferait ce genre de chose! Et elle a serré Godzilla contre elle, avec beaucoup de douceur.

– Ben alors, c'est qui? a voulu savoir Nouca.

Et Jo nous a de nouveau fusillées de son regard noir. Puis elle a soupiré:

– Nous étions à une **FOIRE DU TATOUAGE**, mon père et moi. Et un IDIOT DE DÉBUTANT qui passait par là s'est servi de notre goret pour S'EXERCER dans une arrière-boutique!!!

Avec précaution, elle a claqué un BISOU sur le groin de Godzilla.

- J'ai entendu ses cris et j'ai libéré mon pauvre petit bonhomme ! C'est que ce n'est PAS autorisé de tatouer de pauvres ANIMAUX SANS DÉFENSE ! Mince !

Je ne savais pas vraiment ce qui me surprenait le PLUS à ce moment-là :

- que Godzilla ne soit pas un **chien monstrueux assoiffé de sang**

ou

- que Jo ait QUAND MÊME quelque chose qui ressemble à un **CŒUR** ! C'est mortel !

Smilla a souri.

– En tout cas, on ne peut pas lâcher *ce* mignon petit Godzilla sur les Amigos.

– Mouais. Jo s'est mordu la lèvre inférieure. Il n'est peut-être pas capable d'aboyer, mais il est **assez doué** quand il s'agit de dévorer les SOUS-VÊTEMENTS... Et elle a bel et bien esquissé un minuscule sourire, un tout petit.

Et NOUS, nous le lui avons retourné et nous nous sommes mises à rigoler ! Hi hi !

Monti a pouffé de rire.

– En tout cas, ce serait une bonne punition pour les AMIGOS, puisqu'ils ont piqué nos fringues !

– Peut-être bien que Godzilla pourrait dévorer leurs SHORTS DE FOOT, et alors, les gars seraient obligés d'aller **en slip** sur le terrain ! a gloussé Smilla.

Ça a continué comme ça pendant un bon bout de temps encore. Du moins jusqu'au moment où, balayant notre cercle du regard, j'ai demandé ULTRA-SÉRIEUSEMENT :

– Peut-être que quelqu'un aurait encore un **secret super important** à partager avec ses sœurs secrètes, avant qu'il n'y ait d'autres **MALENTENDUS** ?!

Soudainement, tout le monde s'est tu... *On entendait une mouche voler !*

Monti soufflait sur ses ongles bariolés et Nouca mâchouillait bruyamment, **sauvagement même**, son dix-septième chewing-gum.

Jo a déposé Godzilla sur le sol.

– Là, il ne s'agit pas de nous, **Tête d'abricot,** a-t-elle marmonné, mais de ces IDIOTS D'AMIGOS ! Et il s'agit de savoir comment on peut leur **jouer un sale tour**, nous, les SŒURS DE CŒUR...

CHAPITRE 13

Pourquoi il n'est pas ABSOLUMENT PAS recommandé de rester coincé dans un vestiaire.

Évidemment, en disant cela, Jo avait ~~totalement~~ un peu raison. Quoique, en ce qui concerne les Sœurs de Cœur, il devait bien sûr TOUJOURS être question de nous aussi ! Mais cela suffisait peut-être, au début, de se concentrer sur notre première MISSION ! Et c'était ça :

Les Amigos devaient dépérir dans des souffrances vraiment atroces !!

Bouhouhaaaa !!! Bon... maintenant, il n'était pas impératif qu'ils MEURENT ou quelque chose comme ça... Mais dans tous les cas, ils devaient SOUFFRIR ! Après tout, ils nous avaient fait souffrir aussi toutes les cinq ! Et cela méritait VENGEANCE !!! Et certes pas juste une petite vengeance. Bam !

Dans un premier temps, comme on n'a pas eu de meilleure idée, on a d'abord décidé d'**espionner** les gars.

– Tu dois bien connaître ton ennemi, pour savoir comment tu peux lui BRISER LES JAMBES ! a expliqué Smilla. Et comme on s'est mises à la regarder d'un air vraiment déconcerté, elle a avoué :

– J'ai lu ça, récemment, dans une espèce de bouquin sur l'*Art de la guerre*...

Nous ne voulions pas forcément briser les jambes de ces crétins d'Amigos (*en tout cas pas encore !!!*), mais l'idée de les ESPIONNER, c'était déjà pas mal.

Alors on a convenu de se retrouver samedi près du terrain de foot. Samedi après-midi, les Amigos avaient en effet un match **super important**. C'était la DEMI-FINALE d'une compétition quelconque et mes débiles de frères ne parlaient de rien d'autre depuis des semaines. *Bla, bla, blaassommant !*

On a d'abord pensé à prendre d'assaut le VESTIAIRE des garçons pendant qu'ils seraient sur le terrain. On aurait pu alors méchamment trifouiller dans leurs affaires et peut-être même cacher leurs vêtements, pour qu'ils rentrent chez eux dans leurs **maillots d'abrutis, trempés de sueur**. *Nananère !*

Malheureusement, ce plan ne s'est, ~~somme toute~~, ~~pas du tout~~, pas tout à fait réalisé. Car le vestiaire était **fermé à clef**. Grmpf.

– Ben, on pourrait entrer par la fenêtre, a remarqué Jo en montrant une fenêtre ouverte TOUT EN HAUT du vestiaire.

– Je ne grimpe pas là-haut, jamais ! a rouspété immédiatement Monti. Sinon je vais écailler mon VERNIS à ongles ! Et on ne peut pas y envoyer le Rollmops. Elle ne ferait que rester coincée, une fois de plus...

Nouca a mâchouillé son chewing-gum dans tous les sens, **très sauvagement**.

– Il faut que je le répète combien de fois encore : *je ne suis pas grosse, j'ai juste les os lourds !* Évidemment...

– Mais les autres non plus, elles ne passent pas, la fenêtre est trop étroite, a gloussé Monti.

– C'est SMILLA qui doit grimper là-haut ! a dit Jo d'un ton décidé.

Smilla a écarquillé les yeux, outrée.

– **POURQUOI MOI ?**

– C'est toi la plus menue, petite tête brûlée ! a expliqué Jo en ricanant. Et toutes les autres se sont mises à rigoler aussi...

Naturellement, Smilla n'a pas trouvé ça drôle du tout. Mais les **arguments en sa défaveur** étaient accablants. De fait, elle avait beau retourner la chose dans tous les sens, elle était et restait TOUTE TOUTE PETITE, LA PLUS PETITE d'entre nous. Mauvaise pioche...

Alors on a fait la courte échelle à Smilla et on l'a hissée jusqu'à la fenêtre.

Malheureusement, devant la fenêtre, le rebord n'était vraiment pas large. Et même si Smilla était plutôt petite, elle était de plus en plus NETTEMENT À L'ÉTROIT là-haut. Avec difficulté, elle a tenté de pousser ses jambes dans l'ouverture, mais au bout d'un moment, comment dire, elle **n'a pas pu aller plus loin**. Crotte...

– Tu dois y aller avec la TÊTE en premier, ai-je proposé d'une voix ~~vraiment monstrueusement présomptueuse~~ un petit peu présomptueuse. Parce que la tête, c'est la partie du corps la plus étroite de toute ! C'est pour ça que les bébés aussi naissent avec la TÊTE en premier ! Eh, oui, de temps en temps, en cours de SVT, j'écoute ! Ha !

Smilla a dû trouver l'idée **tout à fait top**, elle aussi, car elle s'est tout de suite retournée, là-haut sur le rebord, et elle a passé sa tête dans l'entrebâillement de la fenêtre.

Ça a SUPER BIEN marché !

Enfin... jusqu'à ce qu'elle reste bloquée au niveau des épaules. Aïe !

– *J'arrive plus à avancer !* a gémi Smilla au-dessus de nous.

– Essaie donc de te balancer un peu des deux côtés, par à-coups, a proposé Monti.

Alors, Smilla s'est vraiment mise à le faire.

Jusqu'à ce que, tout à coup, on entende cet étrange et léger bruit de craquement. Et juste après le cri de Smilla :

– ~~Merde, merde, merde~~ !!! Crotte, crotte, crotte !!! Mes satanées lunettes ont glissé par la fenêtre !!! Gloups...

Mauvaise nouvelle, évidemment. Et même **TRÈS MAUVAISE**. En effet, Smilla était encore dehors et il n'y avait que ses lunettes dans le VESTIAIRE DES AMIGOS. Et celui-ci était encore et toujours fermé à clef ! Aaargh !!!

À la vitesse de l'éclair, on a évalué ce qu'on pouvait faire maintenant pour sauver les lunettes de Smilla.

1. Faire EXPLOSER la porte du vestiaire et en sortir les lunettes avant que les autres ne remarquent quelque chose. Pouaaasch !

2. Se glisser en secret sur le terrain de foot plein à craquer, ~~piquer~~ dérober la clef du vestiaire à l'entraîneur, Axel Sueur (il s'appelle vraiment comme ça!!!), récupérer les lunettes, refermer le vestiaire et, dans la foulée - le coup de grâce **BIEN DÉGUEULASSE** – jeter la clef au fond de la cuvette des **TOILETTES DU CLUB** ! Gniark, gniark!

3. Grâce à l'union de nos SUPER-POUVOIRS-DE-SŒURS, faire flotter par télépathie les lunettes dans les airs et les faire passer à travers la fenêtre, jusqu'à ce qu'elles se retrouvent posées de travers sur le nez de Smilla ! Wouhouou !

Bien qu'on ait trouvé toutes ces idées ~~tout à fait correctes~~ vraiment bonnes, pour finir, on a choisi une 4e proposition : nous rendre toutes penaudes et la tête basse, auprès du SURVEILLANT DES LIEUX, lui avouer ce qui s'était passé et donc se prendre un savon ~~d'enfer~~ terriblement exagéré ! *Grmpf...*

Le PIRE DE TOUT, c'est que le surveillant nous a bel et bien passé un savon, mais **PAS** la clef du vestiaire ! Car il l'avait prêtée à l'entraîneur Axel Sueur (oui, il s'appelle VRAIMENT comme ça !) parce qu'il avait oublié sa propre clef à la maison. Quel idiot... !

Et on en est donc arrivées à devoir attendre la mi-temps.

Et puis, on a dû avouer à l'entraîneur ce qui s'était passé.

Et PUIS attendre que ~~ce chieur de~~ Kolya sorte du vestiaire avec les lunettes de Smilla.

Pas besoin de vous dire qu'il l'a fait en ricanant d'un air ~~extrêmement satisfait~~ absolument supra-débile, si ?

– J'ai une surprise pour toi, bébé Cadum ! a-t-il dit et il a regardé Smilla en rigolant. Et oui, nous avons nettoyé les verres, un dernier petit coup, exprès pour toi ! Et il a léché les verres des lunettes de Smilla **AVEC SA LANGUE**. Trop dégoûtant. Beurk !!!

Le sourire idiot de ~~ce chieur de~~ Kolya n'a disparu qu'une fois que Jo s'est plantée DIRECTEMENT devant lui. Alors il a vite remis les lunettes dans la main de Smilla.

Smilla ne voulait plus les porter, bien sûr, À AUCUN PRIX. En tout cas, pas avant de les avoir désinfectées de fond en comble pendant **au moins trois cents heures** ! Et ça, on le comprenait toutes TRÈS BIEN...

Mais cela signifiait aussi qu'on était malheureusement obligées d'interrompre notre MISSION pour aujourd'hui. Car sans lunettes, Smilla était aveugle comme **un chien sans yeux**. Tellement aveugle même, que Nouca et moi, on a dû la prendre par le bras et la conduire à la maison très, très lentement. Rrrrron-pich.

Une fois Smilla livrée à sa mère, en toute sécurité, Nouca et moi avons encore fait un bout de chemin ensemble pour rentrer. Nouca habite en effet dans ma rue, à quelques maisons à peine.

– Tu veux peut-être **un chewing-gum ?** a-t-elle demandé en me mettant son gigantesque paquet sous le nez.

J'ai secoué la tête, parce que je n'en avais absolument pas du tout envie. Du coup, Nouca s'en est mis DIRECTEMENT DEUX dans la bouche et a commencé à mâchouiller.

– Mais, au fait, pourquoi est-ce que tu mâches du CHEWING-GUM toute la journée ?

Nouca s'est brièvement arrêtée de mastiquer et m'a regardée ~~totalement~~ un peu apeurée.

– Parce que... j'aime bien ça, justement !

J'ai froncé les sourcils et Nouca s'est rendu compte qu'elle ferait **quand même bien mieux** de dire la vérité.

Après tout, on était Sœurs de Cœur maintenant ! BAM!

– Le médecin dit que c'est mieux de mâcher du chewing-gum que de me fourrer tout le temps quelque chose de **VRAI** à manger dans la bouche. Parce que le chewing-gum c'est *sans sucre* !

– Quel médecin... ? ai-je voulu savoir.

Nouca a soupiré.

– Celui chez qui **ma maman** me traîne depuis deux ans. Parce que je suis si grosse...

Je lui ai boxé les côtes en gloussant.

– Je pensais que tu avais seulement les OS LOURDS ? Hi hi !

En guise de reproche, Nouca a levé les sourcils et là, j'ai **préféré arrêter vite fait** de glousser.

– Désolée...

– Y a pas de problème. Nouca, les épaules tombantes, a continué, le médecin, ce n'est pas le PIRE de ce que ma maman m'inflige...

– Qu'est-ce que tu veux dire ? ai-je demandé pour en savoir un peu plus.

– Qu'ils aient raté MON PETIT FRÈRE, c'est encore beaucoup, BEAUCOUP PLUS GRAVE ! Tout à coup, Nouca a eu l'air un peu horriblement malheureuse.

Évidemment, j'ai tout de suite essayé de la réconforter, parce que c'est exactement pour ça que les SŒURS DE CŒUR sont là ! Tschaka!!!

– Mais Ricky est plutôt tout mignon, dans le fond...

Nouca s'est arrêtée et m'a transpercée du regard.

– AH OUI, CLAIREMENT ! Il est à peu près aussi mignon qu'un PÉTARD DE LA SAINT-SYLVESTRE qu'on aurait glissé dans ta poche de pantalon !

Je n'ai pas pu m'empêcher de rigoler.

– Bon, d'accord, il est capable de crier vraiment hyper fort...

– C'est une blague ? Fort, c'est **peu de le dire** ! Avec ce nain de combat, je perds mes nerfs, il me les vole tous, jusqu'au dernier ! a reconnu Nouca. C'est pour ça que j'ai trouvé vraiment drôle que tu lui dessines cette BARBE sur la figure !

J'ai fait une drôle de tête.

– En fait, ce sont mes FRÈRES qui ont fait le coup. Moi, j'ai juste récolté les ennuis qui ont suivi... C'est vraiment ballot...

Nouca a réfléchi pendant un bon moment, puis elle a acquiescé.

– J'connais bien ça. Depuis que Ricky est là, je suis COUPABLE de TOUT. Clément trouve toujours une raison pour me disputer.

– Clément, c'est ton père ?

Nouca a secoué la tête.

– Lui, c'est le père de Ricky. Et le nouveau copain de maman. Et depuis qu'il est là, maman pense aussi que je suis trop grosse. Parce que CLÉMENT le dit tout le temps...

– Et pourquoi tu ne vas pas chez ton vrai père ? ai-je insisté.

Nouca a soupiré.

– **Premièrement**, déjà, j'aime plutôt bien ma mère. Même si elle écoute beaucoup trop souvent Clément... Et **deuxièmement**, je ne sais pas du tout où se trouve mon vrai père. Parce qu'il est parti quand j'avais quatre ans...

– Il t'a JUSTE LAISSÉE EN PLAN ?! Oh, la vache !!!

Nouca a hoché la tête et m'a regardée tout droit dans les yeux.

- Tu ne le racontes à personne, dis ?

J'ai attendu un instant, mais ensuite j'ai posé ma main sur son épaule et j'ai dit :

– Une pour toutes, toutes pour toi !

Et puis, j'ai serré Nouca **BIEN FORT** contre moi.

Quelques mètres plus loin, en tournant dans l'entrée de notre maison, j'ai encore eu le temps de voir que Nouca se fourrait un chewing-gum supplémentaire dans la bouche.

Et pour la toute première fois, j'ai pensé qu'il y avait vraiment ~~plein de trucs~~ quelques trucs qu'on ne saisit pas du tout AU PREMIER REGARD. Par exemple, que certaines personnes ne sont pas du tout ~~grosses~~ un peu costaudes, mais seulement *très, très seules*...

CHAPITRE 19

En mission ultra-secrète

Naturellement, avec cette histoire d'Amigos, on était bien loin d'avoir coupé le mal à la racine. AU CONTRAIRE.

Après qu'ils avaient ~~sali~~ pourri les lunettes de Smilla, notre DÉSIR DE VENGEANCE était encore plus grand qu'avant ! Tschakalaka !!!

Malheureusement, cet idiot de destin était **vraiment une sale crapule** ! Parce que les Amigos - alors qu'ils auraient absolument mérité de perdre au moins ce foutu match de foot - ont gagné haut la main contre l'équipe adverse et se sont ainsi trouvés propulsés en demi-finale ! Et ils en étaient bien sûr super-méga-heureux ! C'est trop injuste !!!

Mais on ne voulait pas se laisser plomber par tout ça.

– La vengeance, c'est pas pour les idiots, a déclaré Smilla.

– Ça veut dire qu'à la fin, ceux qui riront, ce sera nous, alors que les Amigos reposeront dans la tombe, SANS BRAS ET SANS JAMBES, près de la voie ferrée !!!

Alors, Smilla s'est mise à rire de façon ~~un peu~~ totalement fantomatique et elle n'a cessé que lorsqu'elle a remarqué la façon dont on la dévisageait.

– Pardon. J'ai encore lu ce bouquin...

Ben, tiens! C'est justement comme ça avec les livres. Voilà pourquoi je proteste parfois haut et fort quand maman, une fois de plus, me rappelle *que les livres sont la clef d'une vie épanouie et heureuse pleine de sagesse et de tolérance !* Parce qu'en fait, certains livres sont aussi le chemin vers une vie SANS BRAS ET SANS JAMBES ! Et ÇA, ce n'est pas épanoui pour un sou ! Basta!

En tout cas, il était clair et net qu'on allait espionner les Amigos dès le lundi après les cours.

Évidemment, on aurait déjà pu commencer à les espionner le lundi matin, au collège. Mais il y avait un os dans l'histoire. C'est que Monti et Jo ne voulaient ~~EN AUCUN CAS~~ pas vraiment être vues avec nous.

– Mais on est SICRET SISTEURS ! a protesté pourtant Nouca. *Une pour toutes, toutes pour...* »

– Garde ton souffle pour mastiquer, Tarte à la crème ! a dit Jo en lui coupant la parole, avant d'**enfoncer** son bonnet sur ses oreilles.

– D'ailleurs, nous sommes certes SŒURS, a objecté Monti, mais cela ne veut pas dire pour autant que nous sommes aussi **POTES**, et loin de là !

Et elle a de nouveau fait glisser devant ses yeux ses lunettes de soleil monstrueusement géantes avant de s'en aller, perchée sur ses talons. Bien qu'ici, dans le couloir du collège, le soleil ne brille vraiment **absolument pas le moins du monde**... J'te jure !!!

Nouca en avait gros sur la patate et elle s'en allait d'un pas traînant quand j'ai crié derrière elle :

– On se retrouve à la récré derrière le mur du garage à vélos ?

~~Un peu~~ Totalement surprise, elle s'est retournée vers moi.

– C'est à... *moi* que tu t'adresses ?

– Nan, à TAYLOR SWIFT ! Parce qu'elle est là, juste derrière, devant le panneau des profs absents, à faire des exercices de gym, et qu'elle jongle avec des ÉPONGES HUMIDES POUR ESSUYER LES TABLEAUX !

Alors que Nouca, toute excitée, se retournait vers le panneau des profs absents, je lui ai **donné un bon coup** de coude dans les côtes.

– Bien sûr que je m'adressais à TOI, Tête de linotte ! Ou bien tu vois encore une autre sœur secrète quelque part aux alentours ?

Nouca, qui avait peine à le croire, s'est mise à sourire et je lui ai chuchoté hyper mystérieusement :

– Donc, à dix heures vingt DERRIÈRE LE MUR ?

– À dix heures vingt, derrière le mur, a répondu Nouca en souriant. Et elle en a carrément oublié de mettre dans sa bouche le chewing-gum qu'elle avait justement à la main... Yes !

– Il s'est passé QUOI là ? a demandé Smilla hyper étonnée de nous voir, toutes les deux, nous glisser furtivement dans la classe.

Mais je me suis contentée de sourire et j'ai redressé mes épaules.

– Il y a juste des choses qui ne se comprennent pas en lisant **des bouquins intelligents,** mais en regardant **DERRIÈRE LES CHEWING-GUMS** !

Et Smilla n'a pas compris, ~~même pas un peu~~ naturellement... Hi hi.

Après les cours, on a attendu Monti environ une ~~demi~~ éternelle éternité au lieu de rendez-vous secret. Puis elle est ENFIN arrivée en sautillant !

– Tu sais pas lire l'heure ?! lui a balancé Jo.

Monti a juste remonté mystérieusement ses lunettes sur le front.

– Il y avait URGENCE ! Ça ne souffrait aucun délai !

Et comme on continuait toutes à la fixer, pleines d'espoir, elle a fini par murmurer :

– J'ai eu soudain un BOUTON ÉNORME sur le menton ! Il fallait d'abord que je l'enlève dans les règles de l'art !

Le visage de Smilla s'est décomposé.

– Tu nous fais poireauter à cause d'un *bouton* ?!

Monti a haussé les épaules.

– **PREMIÈREMENT...** ce n'était pas un bouton normal, il était gros comme une AMPOULE ! Et **deuxièmement**... Et elle a montré Nouca en ricanant. Le Rollmops là, elle nous ferait même attendre pour un cornet de FRITES FROIDES, alors on se calme !

Quelle peau de vache !!!

J'ai pressé mes lèvres l'une contre l'autre et me suis postée directement devant Monti.

– Premièrement, Nouca n'est pas GROSSE, elle a juste LES OS LOURDS ! Et deuxièmement, tu aurais mieux fait de laisser l'ampoule sur ton menton ! Comme ça, il y aurait au moins eu UNE LUMIÈRE dans ta tête. Parce que sinon, c'est vraiment la plus obscure des obscurités qui règne là-dedans ! Et je lui ai tapoté le front avec un doigt. Ha ha !

Énervée, Monti a inspiré beaucoup, beaucoup d'air. Mais sans lui laisser le temps de souffler, Nouca s'est mêlée de notre conversation :

– Si nous continuons encore à nous disputer, on ne rattrapera jamais les AMIGOS !

Jo a acquiescé.

– Ils ont mis les voiles il y a dix minutes. En direction du Champ-de-Pâques !

Monti a fait les yeux ronds.

– Ils veulent certainement aller au cirque. J'aurais dû y penser tout de suite qu'ils aiment ce genre de choses, ces ROIS DES PROUTS EN COUCHE-CULOTTE...

– UN CIRQUE ? J'ai regardé Monti avec curiosité. Depuis quand y a-t-il donc un cirque sur le Champ-de-Pâques ?

– Depuis aujourd'hui, Tête de caniche ! Tu ne lis donc pas les NEWS sur ton smartphone ? Ah, mais attends ! Monti s'est mise à ricaner. **C'est vrai que t'en as pas...** ! Grmpf.

J'ai vraiment dû me retenir pour ne pas sauter à la gorge de ma *nouvelle sœur* !

Mais Smilla saisissait déjà mon poignet pour me tirer en avant.

– Ne perdons pas encore plus de temps !

Le Champ-de-Pâques s'appelle CHAMP-DE-PÂQUES, parce qu'autour de cette prairie, il y a beaucoup, beaucoup de **branches de noisetiers tordues**. Et tous les ans, à Pâques, les gens y accrochent tout plein d'œufs de Pâques multicolores pour les décorer.

Mais on était en été, et pas à Pâques, donc il n'y avait pas un œuf à la ronde. Par contre, on apercevait très bien : LE CIRQUE ! Tadaaa !!!

Le chapiteau multicolore avait été monté au beau milieu de la prairie. Derrière se trouvaient quelques caravanes qui formaient une sorte de demi-cercle autour d'un bout de prairie clôturé.

– Les gens du cirque habitent dans ces caravanes, nous a expliqué Smilla.

Jo a ricané.

– Il y avait aussi quelque chose là-dessus dans ton BOUQUIN INTELLIGENT sur l'Art de la guerre, Einstein ?

Et on s'est toute mises à rigoler un peu. Mais pas trop fort, évidemment ! Parce que, quand même, on était à la recherche ~~de ces idiots d'Amigos~~ des AMIGOS et on ne voulait en aucun cas être démasquées ! Chuuut !

Pour rejoindre le cirque, on n'a donc pas voulu couper à travers la prairie. Mais on a disparu, rapides comme l'éclair, derrière QUELQUES TOUFFES DE NOISETIERS, puis on a essayé de se faufiler dans des **buissons monstrueusement épineux.** Aïe !

– Vous les voyez quelque part ? nous a soufflé Jo en relevant son bonnet de laine pour dégager son front.

Monti ne faisait que râler :

– Quelle idée stupide de passer par ici ! Je suis en train de salir TOUTE MA TENUE !

En même temps, c'était de sa faute, car elle se mettait dans une position vraiment ~~un peu~~ **mortellement** IDIOTE pour ramper dans les buissons. Un peu comme une araignée à quatre pattes, sur talons aiguilles...

Seulement, c'était ballot, parce qu'en fait, il n'y avait pas une seule trace des Amigos !

Pour s'assurer que ces ANDOUILLES n'étaient pas cachés derrière le chapiteau, on a fait encore un bon bout de chemin dans les buissons.

On a enfin atteint les caravanes du cirque et on est sorties des fourrés. Car on pouvait SANS PROBLÈME SE GLISSER entre les voitures sans risquer d'être tout de suite découvertes. Ha !

Et c'est alors qu'on les a vus !

Nan, pas les Amigos…

Mais en lieu et place de ceux-ci, DEUX TRÈS BEAUX CHEVAUX !!!

Hiiiiiiii !!!!

Mon cœur s'est tout de suite mis à battre très fort **LA CHAMADE**, parce qu'à vrai dire, ~~depuis très lontemps déjà~~ depuis TOUJOURS pratiquement, j'ai souhaité avoir un cheval ! Et ces deux-là étaient **super méga-magnifiques !** Ils se trouvaient derrière le chapiteau, dans la partie clôturée de la prairie et mâchouillaient avec gourmandise quelques touffes d'herbe de-ci de-là. Et le bruit de leur bouche ressemblait ~~totalement~~ presque un peu à celui de Nouca lorsqu'elle MÂCHAIT DU CHEWING-GUM. Mais, bien sûr, en beaucoup, beaucoup plus mignon !!! C'est évident, non ?

– Il faut absolument que j'aille les caresser ! ai-je murmuré et je m'apprêtais à sortir de notre cachette, quand Nouca et Jo m'ont **FROIDEMENT** retenue, en me tenant par les chevilles, si bien que j'en ai perdu l'équilibre et que j'ai atterri, **tout à fait misérablement**, le visage dans la BOUE. Pouah !

– Vous êtes devenues folles ?! leur ai-je feulé à toutes les deux.

Mais Nouca a juste continué à mâchouiller bruyamment et Jo a ricané :

– Nous ne devons pas nous mettre à découvert, Tête d'abricot. On est quand même là à cause des AMIGOS et pas à cause de deux PONEYS !

J'étais sur le point de lui rétorquer quelque chose de ~~super méchant~~ tout à fait approprié, quand tout à coup, on a entendu un HENNISSEMENT apeuré. Cela ne venait PAS des deux chevaux, mais d'un troisième ! Et il était :

- **premièrement**, tout petit, tout minuscule et,
- **deuxièmement**, conduit dans l'enclos par un garçon de notre âge qui le sortait du chapiteau pour le mener sur la prairie.

– Il est trop mignon ce petit cheval ! ai-je chuchoté aux autres.

Mais Monti s'est contentée de claquer de la langue en secouant la tête.

– Tss ! Ça, c'est pas un **cheval**, JAMAIS DE LA VIE ! Au maximum, il m'arrive au NOMBRIL !

Jo a rajusté son bonnet au-dessus de ses yeux.

– Alors dis-moi, espèce d'Ampoule en plâtre, qu'est-ce que ça peut être sinon ? Un BERGER ALLEMAND EN COSTUME DE CHEVAL ?!

Monti, indignée, s'est mise à haleter, mais Nouca s'en est alors mêlée :

– C'est un PONEY NAIN. Ils ne grandissent pas plus que cela. L'an dernier, on a passé des vacances au bord de la Baltique et j'ai monté un poney comme celui-là.

Monti a éclaté de rire très méchamment.

– Qui va croire cela, Rollmops ? Si TOI, tu montes sur ce genre de poney, il s'écroule **à coup sûr** !

Nouca allait protester, mais Monti avait déjà découvert autre chose.

– Wouah ! Vous voyez ce que JE vois ?! Puis, dans une grande agitation, elle a extirpé son portable de la poche de son pantalon et, toute excitée, elle a dirigé l'appareil en direction du poney nain. Il ressemble à JUSTIN BIEBER !!! Hein ? !

Smilla et moi, on s'est jeté un regard excédé.

Jo a plissé les yeux.

– Depuis quand Justin Bieber a une **coupe au bol** comme celle-ci et une QUEUE AU DERRIÈRE ?

Monti a levé les yeux au ciel.

– Je parle du GARÇON, pas du cheval, Gothic Girl ! Il faut absolument que je fasse une vidéo de lui ! Ça va me rapporter au moins quatre cents LIKES !

Elle a gloussé et, avec frénésie, elle s'est mise à cliquer dans tous les sens sur son portable.

Nouca s'est peu à peu redressée et, concentrée, a regardé Monti en clignant des yeux. De toute évidence, elle n'avait encore pas vraiment digéré la vacherie sur le *Rollmops à dos de poney*, car tout à coup, elle s'est mise à sourire **de façon totalement étrange**.

– Et combien de LIKES tu penses que je vais recevoir POUR ÇA ? Et elle a donné un coup de fesses à Monti, sur le côté, DE TOUTES SES FORCES. BAM !

Et comme les fesses de Nouca étaient en quelque sorte **un petit peu plus volumineuses** que celles de

Monti, celle-ci a basculé et son portable a atterri dans la boue ! Hi, hi !

Smilla et moi, on allait se mettre à rigoler, mais on a soudainement remarqué quelque chose qui ne prêtait PAS DU TOUT à rire ! D'un coup, le jeune garçon s'est saisi d'un très grand BÂTON super long, ramassé sur le sol. Et, avec ce très grand bâton super long, il a MÉCHAMMENT tapé sur le postérieur du pauvre poney nain... Aïe !!!

~~CHAPITRE~~ 15

À la rescousse d'Angela Merkel

Nous sommes toutes restées sans voix. Même Monti qui, quelques secondes auparavant, était encore FURIEUSE contre Nouca, n'a absolument plus rien trouvé à dire. À défaut, elle a sorti son portable de la boue et a fixé le jeune garçon.

– **Qu'est-ce qu'il fait, là ?**

Jo a froncé les sourcils.

– J'y connais rien en poney, mais j'ai pas l'impression qu'il lui fasse un petit SOIN DU PELAGE.

De fait, le garçon essayait plutôt *de dresser* le poney, en quelque sorte. Car en lui tapant sur la croupe avec le bâton, il soufflait sans cesse :

– Allez ! Vas-y maintenant ! **S'IL TE PLAÎT !!!** Saute enfin !

Le poney nain hennissait et essayait d'éviter les coups. Mais malgré ça, il ne voulait pas SAUTER ! Tu m'étonnes !!!

Quelques instants après, une femme a sorti la tête d'une des caravanes du cirque.

– JIMMY?

Le garçon a caché le bâton derrière son dos à la vitesse de l'éclair et il a fait comme s'il caressait le poney.

– Qu'est-ce qu'il y a, maman? Un vrai petit ange...

– C'est l'heure de ton entrainement de clown!

Jimmy a fait la grimace, comme s'il n'en avait **pas du tout** envie.

– Encore dix minutes! Je suis en train de m'entraîner avec **Angela Merkel!** Je suis sûr qu'elle est capable de monter sur scène avec moi DEMAIN!

La femme a soupiré.

– Cinq minutes! Et lave-toi les mains avant d'enfiler ton COSTUME! Puis sa tête a de nouveau disparu dans la caravane.

Monti a fait la moue, d'un air irrité.

– Il vient de dire ANGELA MERKEL, ou j'ai rêvé?

Smilla a hoché la tête, puis a dit, en redressant ses lunettes:

– C'est notre *Chancelière fédérale*!

– Je sais qui c'est! lui a soufflé Monti. Mais qu'est-ce qu'elle a à voir avec le cheval?

– **Premièrement**, c'est un poney nain, l'ai-je corrigée, et **deuxièmement**, je suppose qu'elle s'appelle Angela Merkel.

– Quel nom idiot pour un cheval…, a constaté Monti en fronçant la pointe de son nez.

Mais moi, je trouvais que ce nom lui allait plutôt bien. Parce que la ponette avait **franchement une coiffure assez semblable** à celle d'Angela Merkel. Une frange droite devant, avec l'arrière plutôt court et arrondi. Un peu comme un casque de chevalier… Hi, hi !

Mais au fond, à cet instant, tout cela n'avait **monstrueusement aucune importance**. Ce qui était important, c'était bien autre chose :

– NOUS DEVONS SAUVER CETTE PONETTE ! Et pas qu'un peu !!!

Les autres m'ont regardée d'un air un peu étonné.

Jo, incertaine, tiraillait son bonnet de-ci de-là.

– Je pensais qu'on cherchait les Amigos pour qu'ils se prennent un bon retour de bâton. C'était pas ça, le plan ?

– Ben justement, parfois, les plans changent ! ai-je dit de façon claire et nette.

– Là, il y a UN ANIMAL EN DÉTRESSE ! Et nous sommes les SICRET SISTEURS ! Et les *Sœurs de Cœur totalement secrètes* ne seraient absolument pas des *Sœurs de Cœur totalement secrètes,* si elles ne s'en occupaient pas ! Basta !

Malgré tout, Nouca, Monti et Jo m'ont encore jeté un regard complètement désemparé.

À ce moment-là, cet idiot de Jimmy, super-crétin et méchant, s'est mis à frapper de nouveau la ponette avec son bâton et il a sifflé :

– Allez, vas-y ! Saute donc ! Je ne veux pas rester éternellement le clown de service !!!

Et Smilla est alors ENFIN venue à ma rescousse.

– Bonnie a raison. Nous devons agir !

– Et les Amigos, alors ? a insisté Jo, en grommelant un peu. Mais je savais **PERTINEMMENT** qu'elle voulait aider la ponette, elle aussi ! Après tout, elle avait déjà montré qu'elle avait un CŒUR IMMENSE pour les animaux ! Oh, oui !

– Les Amigos seront encore et toujours là, demain. Et malheureusement, encore après-demain aussi et après-après-demain et probablement pour toujours, ai-je constaté. Mais le cirque ne reste que quelques jours !

Smilla a acquiescé.

– On repousse l'histoire des Amigos. Et on s'occupe d'abord d'*Angela Merkel* !

Nouca s'est gratté le menton, un peu dans le flou.

– Et on fait comment pour la sauver ?

Pendant un long moment, on s'est toutes mises à réfléchir, et puis, une **SUPER BONNE** idée m'est soudainement venue à l'esprit.

– Je crois bien que là, je tiens quelque chose... ai-je dit en souriant de toutes mes dents. Ha !

– Tu veux **ENLEVER UN CHEVAL ?** a dit Monti d'un ton quelque peu hystérique, alors qu'on rentrait au bercail.

J'ai levé les yeux au ciel et, prudemment, j'ai regardé autour de moi, de tous les côtés.

– Premièrement, Angela Merkel est un poney nain ! Et deuxièmement, si tu continues à crier AUSSI FORT, on peut immédiatement oublier cette histoire !

– J'espère réussir à sortir discrètement de l'appartement cette nuit, sans me faire remarquer. Mon père regarde toujours assez longtemps la télé... a expliqué Smilla.

– Je pense que ça va marcher pour moi, ai-je dit en faisant un clin d'œil aux autres. Et pour vous ? Vous pensez que ce sera compliqué ?

Nouca a claqué sa langue.

– Pas du tout. Maman et Clément ne s'intéressent qu'à Ricky. Ils **ne remarqueront même pas** que je ne suis pas là...

– Je grimperai simplement par la fenêtre, a grommelé Jo. Comme ça, je n'aurai pas à passer derrière mon père. Parce qu'il a VRAIMENT une super bonne oreille.

– Et toi ? Smilla a regardé Monti.

Elle a haussé les épaules.

– Ça ira...

Puis elle a serré les lèvres et n'a plus dit un mot.

Mais ce n'était pas bien grave. Parce les mots que Monti nous sortait sinon, ben, la plupart du temps, ils n'étaient pas du tout SENSÉS. Nananère !

– Bon, alors, ai-je déclaré quand nous sommes arrivées devant l'école, ce soir, à MINUIT AU CHAMP-DE-PÂQUES ! Et j'ai tendu ma main au milieu du cercle, et les autres aussi.

– **UNE POUR TOUTES, TOUTES POUR TOI !**

Nouca s'est mise à ricaner toute seule.

– Mouais. Cette fois, ce serait plutôt « Toutes pour ANGELA MERKEL » !

Et qu'est-ce qu'elle avait raison ! *Tschaka !*

Se glisser hors de la maison, de nuit, s'est révélé être encore BIEN PLUS PALPITANT que je ne l'avais imaginé !

Maman a rempli des bulletins pendant toute une interminable éternité et j'ai dû faire de gros, gros efforts pour **ne pas m'endormir**. Ce qui ~~n'était pas si facile~~ était vraiment monstrueusement difficile parce que Néo, mon idiot de frère jumeau, a d'abord PÉTÉ SUR MOI DU HAUT DE SON LIT, déclenchant une PUANTEUR INFERNALE, pour ensuite se mettre à ronfler comme un **OURS POLAIRE ENRHUMÉ**...

Et puis c'est véritablement difficile de NE PAS s'endormir quand on ne veut absolument PAS s'endormir ! *Waouh !*

En tout cas, papa s'est couché tôt, parce qu'il voulait faire le plein d'ÉNERGIE pour le tournage, dans quelques jours, et maman s'est endormie sur son bureau vers onze heures. *Ouf !*

Alors, à la **vitesse de l'éclair**, j'ai sauté dans mon jogging et je me suis glissée dehors par la porte de la maison. Ce faisant, je me suis sentie ~~assez bien~~ fabuleusement bien, telle une SUPER-HÉROÏNE SUPER-SECRÈTE ! Et en fait, c'est un peu ce que je suis en quelque sorte, en tant que **Sœur Secrète super-secrète**. BAM !

En réalité, je ne suis pas du tout arrivée la première au rendez-vous. Monti et Nouca étaient en effet déjà là, avant moi, mais visiblement, elles n'avaient pas grand-chose à se dire…

À défaut, elles se tenaient silencieusement l'une à côté de l'autre, et dessinaient de-ci de-là, dans les graviers, avec la pointe du pied. Et Nouca mastiquait de nouveau à fond un chewing-gum, dans un **bruit redoutable**.

Ensuite est arrivée Smilla. Elle était drôlement essoufflée et elle était encore en PYJAMA.

– Désolée, a-t-elle haleté. Je ne pouvais pas me changer ! Mon père est ENCORE ET TOUJOURS devant la télé. J'ai dû m'éclipser vite fait quand il est allé aux toilettes d'un pas traînant !

– Bon, ben, il ne manque plus que GOTHIC GIRL, a constaté Monti en croisant les bras sur sa poitrine d'un air blasé.

On a attendu VINGT MINUTES encore, mais Jo n'est tout simplement pas arrivée. Grmpf.

– Peut-être qu'elle a été retenue, a chuchoté Nouca, mais Monti a claqué la langue.

– Sans blague ! Elle nous laisse FROIDEMENT tomber, oui !

– Ça, j'y crois pas, ai-je dit. Tu as déjà oublié ? Nous sommes les SICRET SISTEURS ! On ne se laisse pas tomber !

Mais malheureusement, même après cinq minutes de plus, Jo n'est pas arrivée... C'était trop bête.

– Je propose qu'on commence sans elle, a fini par décider Smilla. Sinon, on sera encore là **demain matin** au lever du soleil. Et c'est sûr qu'on ne pourra plus faire grand-chose pour Angela Merkel...

Bien que je n'aie PAS trouvé ça TELLEMENT TOP de commencer sans Jo, on a toutes hoché la tête et on a accepté la proposition de Smilla. Après tout, il n'était pas question de nous, ici, mais d'Angela Merkel !

Comme on n'avait pas à craindre d'être découvertes par les Amigos, on ne s'est pas avancées à quatre pattes dans les buissons, mais cette fois, on s'est glissées à pas feutrés À TRAVERS LA PRAIRIE. En veillant naturellement à rester quand même très, très silencieuses ! Mise à part Monti qui, **DANS UN PREMIER TEMPS**, s'est plainte que *Nouca mastiquait son chewing-gum méga-fort* et qui, **DANS UN DEUXIÈME**

TEMPS, a trébuché sur une racine et s'est mise à pousser un CRI STRIDENT ! *Argh!*

Heureusement, Nouca se trouvait juste à côté d'elle et l'a tirée derrière une des caravanes du cirque.

On a attendu là, jusqu'à ce qu'on soit sûres et certaines que personne ne nous avait entendues. *Ouf...*

Par chance, Angela Merkel n'était pas enfermée quelque part SOUS une tente. Le poney nain, attaché au grillage, se trouvait derrière le chapiteau principal et il broutait dans l'obscurité.

En faisant très attention, on s'est approchées sans faire de bruit. Quand Angela Merkel nous a remarquées, elle a relevé la tête et, sous sa frange, s'est mis à ciller des yeux avec une GRANDE CURIOSITÉ.

– Schhh ! Tout va bien ! lui ai-je chuchoté en caressant sa crinière. Nous sommes les SICRET SISTEURS et nous sommes ici pour **te sauver !**

– Tu veux peut-être aussi lui épeler notre nom, tant que tu y es ? a soufflé Monti.

Je lui ai jeté un regard PLUS NOIR ENCORE que la plus sombre des obscurités, mais Smilla nous a interrompues :

– Je ne le dis qu'à contrecœur, mais Monti a raison. Il faudrait vraiment qu'on se dépêche un peu !

J'ai hoché la tête d'un air renfrogné et j'ai sauté par-dessus la barrière.

– Peut-être que quelqu'un peut venir m'aider pour le NŒUD ?

Les autres ont passé la barrière pour venir me rejoindre dans l'enclos et on a tiré dans tous les sens sur ce nœud qui était SERRÉ À FOND ! On n'arrivait tout simplement pas à le dénouer ! Grmpf !

– On aurait besoin de quelque chose de pointu ! Un couteau ou quelque chose comme ça, a fait observer Smilla.

– Pas de problème, Einstein ! a répondu Monti en blaguant. J'ai justement mon couteau dans la poche, avec mon **ASPIRATEUR** et mon **FRIGO DE SECOURS** ! Elle s'est mise à rire, mais tout cela n'était évidemment pas drôle du tout !

C'est devenu **bien moins drôle** encore, quand, subitement, une OMBRE est venue vers nous et nous a sifflé d'une voix grave :

– **Eh ! Qu'est-ce que vous faites là ?**

Nos cœurs, à toutes les quatre, ont glissé vers nos chaussettes et ont dû rester coincés quelque part au niveau de la rotule du genou… Crotte de bique.

CHAPITRE 16

Un poney dans l'ascenseur

Mais par BONHEUR, l'instant d'après, nos CŒURS se sont remis à battre À COUPS PRÉCIPITÉS, car l'ombre s'est approchée et on a reconnu qui c'était.

– JO ! Et je lui ai furieusement crié dessus. Tu es devenue folle ?!

Jo a rigolé.

– Vous auriez dû voir **vos têtes** !

– Dis donc, pourquoi est-ce que tu n'arrives que maintenant ? lui a sifflé Smilla.

– On avait rendez-vous il y a UNE DEMI-HEURE ! *Non mais vraiment !*

– Je n'ai pas pu venir plus tôt, a dit Jo, sobrement, et elle a cligné des yeux.

– Parce que tu devais d'abord sortir DE TON CAVEAU gothique, ou quoi ? lui a balancé Monti d'un ton vénéneux.

– Parce que j'ai dû d'abord attendre que Godzilla soit endormi, espèce d'ampoule emplâtrée ! a expliqué Jo. C'est qu'il a commencé à couiner COMME UN FOU quand j'ai voulu sortir par la fenêtre !

Monti s'est mise à rire sous cape.

– Regarde-moi ça ! T'as une grande bouche – mais tu donnes la papatte quand ton petit cochon couine.

À cet instant, Jo a eu l'air de vouloir ATTACHER les cheveux soyeux de Monti À LA CLÔTURE, immédiatement et bien SOLIDEMENT. Je n'ai donc pas attendu pour m'en mêler.

- Pour l'heure, on a d'autres problèmes ! Ce NŒUD-CI, par exemple !

Jo a repoussé son bonnet et dégagé son front.

– Montre-moi ça !

Alors, À LA VITESSE DE L'ÉCLAIR, elle a commencé à tripatouiller la corde et l'instant d'après, le nœud était dénoué ! Waouh !

– Comment t'as fait ça ? s'est étonnée Nouca. Et, de façon ~~un peu~~ vraiment embarrassante, son chewing-gum lui est tombé de la bouche.

Impassible, Jo a juste haussé les épaules.

– C'est ma mère qui m'a appris ça. Elle faisait super bien de la voile.

– « Faisait ? » Monti a levé les yeux au ciel. Ta mère est MORTE, ou quoi ?

Elle était sur le point d'éclater rire, mais Jo l'attrapait déjà par les cheveux et elle l'a tirée à elle sans la lâcher d'un poil ! *Ouille* !

D'un air PAS drôle DU TOUT, elle a mitraillé Monti du regard.

– Encore **UN** mot sur ma mère et je t'accroche les cheveux au prochain ESCALATOR, compris ?

Et bien qu'il n'y ait aucun escalator en vue, personne n'a osé dire quoi que ce soit.

Surtout pas sur **la maman de Joana**… *Gloups*.

Monti s'est dépêchée de hocher la tête et, heureusement, Jo a fini par lâcher ses cheveux. Au lieu de quoi, elle s'est saisi de la corde à laquelle était attachée Angela Merkel, et par le PORTILLON situé au bout de la clôture, elle a fait sortir le poney nain.

– Et on l'emmène où maintenant ? s'est renseignée Smilla alors qu'on guidait Angela Merkel à travers les rues, en direction de l'école.

– CHEZ MOI, naturellement ! ai-je répondu d'un ton décidé, en souriant. J'ai toujours souhaité avoir **mon propre cheval** !

– Premièrement, c'est un poney nain ! m'a rétorqué Monti en ricanant d'un air trop super-malin.

– Et deuxièmement, a complété Smilla pour abonder dans son sens, où veux-tu donc trouver la place pour lui chez toi ?

– **Dans ma chambre**, ai-je répondu.

Les autres ont levé les yeux au ciel.

– Mais tu la partages avec NÉO ! Et il est peut-être ~~un peu~~ con comme la lune, mais certainement **PAS AVEUGLE !** Tu penses qu'il ne va pas le voir, s'il y a tout à coup un poney dans sa chambre ?

Même si je ne le reconnaissais qu'à contrecœur, c'était, évidemment, un argument de taille. *Grmpf.*

Non seulement, Néo ne se contenterait pas de remarquer Angela Merkel, mais il irait aussi ~~probablement~~ c'est sûr, vendre la mèche auprès de ma mère ! Et son avis, sur le fait de posséder ses propres chevaux, je le connaissais déjà... *C'est vraiment trop injuste !*

En attendant, on ne pouvait pas non plus conduire Angela Merkel chez Smilla. Elle avait certes sa propre chambre, mais l'histoire du GOULASCH DE CHEVAL nous est revenue à l'esprit. *Gloups*! Et on ne pouvait vraiment pas, **ABSOLUMENT EN AUCUN CAS,** courir le risque, qu'après son sauvetage, Angela Merkel atterrisse dans une CASSEROLE!

– Ricky est allergique aux poils d'animaux, c'est pas de bol... a dit Nouca. Et elle en avait gros sur la patate, parce que sinon, elle aurait très, très volontiers accueilli Angela Merkel chez elle.

La ponette ne pouvait malheureusement pas aller chez Jo non plus.

– Ben, c'est que nous avons déjà Godzilla. Je pense que papa ne va pas trouver ça top, si on se retrouve bientôt avec tout un ZOO dans la boutique...

Il n'en restait donc, plus qu'UNE.

– Si vous voulez... a soupiré Monti. On la conduit chez moi alors, mais seulement jusqu'à ce que nous ayons trouvé **QUELQUE CHOSE DE MIEUX**! Et gare à vous, si elle dépose son crottin dans l'ascenseur!

Nous savions toutes que Monti était plutôt riche. Mais nous n'avions pas soupçonné qu'elle était SI RICHE!

En bas, à la porte de la maison, Monti a dû appuyer son doigt sur l'**écran d'un interphone hyper**

ultra-moderne. Une voix très amicale a alors retenti : « *Bienvenue, Mademoiselle Jackson !* », et la porte s'est ouverte dans un léger RONRONNEMENT.

– C'est votre domestique ou quelqu'un comme ça ? a demandé Nouca.

– Nous n'avons pas de domestique, Rollmops ! Ce n'était qu'une voix électronique, une fois que le système a reconnu mon empreinte digitale. *Ah, oui...*

En tout cas, dans l'immeuble lui-même, tout était SUPER SUPER CHIC. Il y avait de l'OR ET DU MARBRE partout et tout avait l'air d'être ~~un peu~~ **incroyablement cher**.

Je caressais doucement la crinière d'Angela Merkel.

– Est-ce que tout cela vous appartient... ?

Monti a fait non de la tête en se dirigeant vers un ascenseur.

– On a seulement le LOFT, tout en haut, avec son toit terrasse. Maman préfère les petits nids douillets.

Mais en haut, dans le loft, il n'y avait pas la moindre trace d'un *petit nid douillet* !

Quand les PORTES DE L'ASCENSEUR se sont ouvertes, nous sommes arrivées au beau milieu de l'appartement. Et il était vraiment ~~GIGANTESQUE~~ SACRÉMENT GRAND ! *Waouh* !

Il n'y avait, en quelque sorte, pas vraiment de murs, mais juste de HAUTES BAIES VITRÉES. Au plafond qui était très, très haut, lui aussi, pendaient d'IMMENSES LUSTRES étincelants. J'ai déjà dit WAOUH ?!

Avec Jo, on a guidé Angela Merkel en dehors de l'ascenseur.

Monti a tapé deux fois dans ses mains. LA LUMIÈRE s'est allumée et on aussi entendu **une musique assez cool !**

– On ne devrait pas faire *moins de bruit*, à cause de tes parents ? a chuchoté Smilla un peu inquiète, mais Monti a secoué la tête.

– Mon père est à NEW YORK. Depuis deux mois déjà.

– Et ta mère ? a demandé Nouca.

Monti a farfouillé dans son sac pour en sortir son iPhone et elle a cherché son dernier message parmi ses textos.

– À Paris ! a-t-elle dit alors et elle nous a montré une photo, où on voyait sa mère devant la Tour Eiffel, dans une robe super-chic. C'est pour UNE SORTE DE GALA DE CHARITÉ ou un truc dans le genre...

On est restées scotchées et on s'est regardées d'un air stupéfait. Pardon ?!

– Et ils te laissent toute seule COMME ÇA ? ai-je voulu savoir.

Monti a haussé les épaules.

– Je ne suis PLUS UN BÉBÉ, quand même !

Pourtant j'ai eu l'impression qu'elle avait un tout petit peu de mal à l'accepter. MOI, en tout cas, si mes parents m'avaient **tout bonnement laissée toute seule,** j'aurais eu ~~franchement grave~~ du mal à l'accepter... (Bien qu'ils soient naturellement ~~souvent~~ la plupart du temps SUPER ÉNERVANTS ! Et *pas qu'un peu* !!!)

– La meilleure idée, ce serait de mettre la ponette dehors, sur la TERRASSE, a fini par proposer Monti en claquant **trois fois** dans ses mains. À la suite de quoi, une des baies s'est ouverte sur :

1. une grande, grande, immense terrasse de toit !
2. Avec une VRAIE piscine !!!
3. Et quelques PALMIERS !!!

– Waouh... s'est exclamée Smilla, toute étonnée, et elle a dû faire attention à ce que ses lunettes ne fassent pas un plouf dans la piscine. Je crois bien que votre terrasse est plus grande que TOUT NOTRE APPARTEMENT !

Et là, vraisemblablement, en tout état de cause, elle avait raison !

Avec précaution, Jo a attaché Angela Merkel à un palmier.

– Je dois y aller. Faudrait pas que Godzilla se réveille et que mon père l'entende.

Bien sûr, on devait aussi rentrer à la maison, Nouca, Smilla et moi. Dommage...

Quand on est rentrées dans l'ascenseur, Monti trottinait nerveusement en faisant des allers-retours.

– Mais vous... vous revenez demain, pour rendre visite au poney, non ?

– Tu peux compter là-dessus, les yeux fermés ! ai-je souri. Et la porte de l'ascenseur s'est refermée derrière nous...

CHAPITRE 17

Sicret Sisteurs undercover

Ce qui était ballot, le lendemain matin, c'est que j'étais :

1. super **méga-méchamment fatiguée** et que…
2. les cours n'en étaient pas pour autant annulés, mais qu'au contraire…
3. on commençait même par STROUNZ L'EMPUANTEUR !!! Aaaaargh !!!

Pour autant, on se sentait vraiment bien en sachant que cette nuit, on avait fait quelque chose de SUPER MÉGA-HÉROÏQUE ! Nanananananère !

En tout cas, les autres avaient l'air aussi crevées que moi.

Monti pouvait le cacher assez facilement puisqu'elle portait de nouveau ses **très grandes lunettes de soleil**. Elle s'est même endormie, cachées derrière elles, pendant que Strounzikowski ~~empuantissait~~ écrivait je ne sais plus quelle fraction au tableau…

Mais à un moment, Maya Holmbach a levé le doigt :

– Monsieur, je crois que Montana **RONFLE** derrière ses lunettes de soleil ! Ah, la traîtresse !

Mais avant qu'il n'ait le temps de la rouspéter, Nouca, sous la table, lui a vite donné UN COUP DE PIED DANS LES TIBIAS. Et pendant que Monti se redressait, effrayée, j'ai protesté à voix haute :

– C'est même pas vrai ! Monti est en deuil ! Son oncle est **décédé!** (Parce que les SŒURS DE CŒUR se tirent mutuellement des mauvais pas, même si ~~elles ne peuvent pas~~ elles ont un peu de mal à se supporter ! OUI, Madame !)

Quoi qu'il en soit, Monsieur Strounz s'est tout à coup mis à bredouiller, **tout gêné**, *qu'il était désolé* et Maya a levé les yeux au ciel d'un air totalement idiot. Stupide dinde ! C'est une vraie chance qu'elle n'ait pas voulu faire partie des SICRET SISTEURS avec nous ! En effet, ~~personne~~ absolument personne au monde n'a besoin, comme sœur, d'une RAPPORTEUSE pareille ! La vérité !!!

Monti, en tout cas, nous était **reconnaissante** d'être intervenues. Du coup, lorsqu'après les cours, nous nous sommes rendues chez elle, dans son loft, elle a offert à chacune d'entre nous une paire de LUNETTES DE SOLEIL GÉANTES SUPER CHICS.

– N'imaginez pas pour autant qu'on est POTES ou quelque chose comme ça maintenant ! a-t-elle dit en nous regardant avec le plus grand sérieux. Je veux juste vous REMERCIER pour cette histoire, avec le Strounz-idiot ! Et en plus, vous avez peut-être un peu besoin de COOL-ATTITUDE... Ah oui, d'accord !

Jo ne comprenait pas un mot de tout cela. Comme elle était **en 6e C**, elle n'avait pas assisté au cours de maths. Par contre, elle a eu une autre IDÉE trop marrante ! Elle a vite fait retiré son bonnet de la tête, a jeté ses cheveux noirs vers l'avant sur son visage et posé les lunettes sur son nez.

– SICRET SISTEURS UNDERCOVER ! a-t-elle dit en remettant son bonnet.

– Tu ressembles plutôt monstrueusement à une des marionnettes de « 1, rue Sésame », a gloussé Smilla. Hi, hi !

Monti a susurré :

– Et Einstein **s'y connaît plutôt bien** en ce qui concerne « 1, rue Sésame » !

– Et comment ! a fièrement ricané Smilla. Et elle a, elle aussi, jeté ses cheveux en avant pour mettre les lunettes de soleil par-dessus.

Et c'était **TELLEMENT DRÔLE** qu'on a suivi le mouvement, Nouca et moi. Les bras croisés, on s'est mises en rang et on a regardé Monti à travers nos LUNETTES DE SOLEIL À POILS LONGS. *T'as le look, Coco, Coco, t'as le look !*

Elle a fini par céder.

– Si vous voulez... Même si c'est FRANCHEMENT DE LA GAMINERIE !

Et pourtant, tout cela n'était pas du tout puéril, mais **très très cool !** Même Monti a fini par le reconnaître, puis elle a pris un SELFIE TROP MARRANT avec son portable ! *Ha, ha !*

Ce n'est qu'en entendant hennir Angela Merkel sur la terrasse que nous nous sommes rappelé pourquoi nous étions là en réalité...

Manifestement le poney nain se plaisait plutôt bien sur la terrasse de Monti. Et qui s'en serait étonné ? Moi, j'aurais échangé ma chambre ~~nulle~~ **absolument médiocre**, sans sourciller, contre cette TERRASSE-DE-RÊVE-ÉTINCELANTE-ET-LUXUEUSE... *Oh oui !*

En tout cas, Angela Merkel semblait s'y sentir comme à la maison. Car elle avait déjà laissé tomber un BON GROS TAS DE CROTTIN sur le sol.

Et, quand on est en vacances, mon père dit toujours :

– On ne se sent vraiment à la maison quelque part, que lorsqu'on y a fait la **grosse commission** ! (Alors ma mère gémit toujours et dit « **WILLEM** ! ! ! » - mais je crois que c'est juste parce qu'elle ne veut pas que papa parle de la grosse commission devant nous… Hi, hi !)

Pendant que Jo et moi, on s'activait à mettre le tas dans un seau avec nos pelles, Smilla, Nouca et Monti, ont commencé la réunion-de crise-des-SICRET-SISTEURS.

Nous avions certes sauvé Angela Merkel, mais pour la suite, nous étions dans le flou le plus total.

Monti a fait tourner son portable.

– Le cirque a déjà **annoncé la disparition** d'Angela Merkel ! Dans toute la ville, on recherche maintenant un *méchant voleur de poneys* !

– **Un méchant voleur de poneys ?** ai-je protesté et j'en ai fait valser, par mégarde, une pelletée de CROTTIN par-dessus la rambarde de la terrasse, en bas sur le trottoir. Oups…

– Mais nous ne sommes pas des voleurs de poneys ! Nous sommes des SAUVEURS DE PONEYS !

– Peut-être, mais les autres ne le savent pas ! a fait remarquer Smilla. Et malheureusement, elle avait raison. Grmpf.

– La ponette peut encore rester quelques jours ici, a proposé Monti avec générosité. Ma mère doit encore se rendre À LONDRES, avant de rentrer à la maison.

Certes, Monti a fait comme si c'était TROP COOL, mais j'ai quand même remarqué qu'elle était un peu malheureuse. Et comment !

– Alors on va élaborer un **vrai plan** pour la suite, ai-je décidé et je me suis assise avec les autres en cercle.

Comme personne n'avait de bloc sur soi pour prendre des notes, j'ai sorti mon CAHIER DE MATHS de mon sac.

De toute façon, il n'y avait rien d'important dedans. Ou, pour le moins, rien que j'aurais pu comprendre...

En le feuilletant pour chercher une page vierge, Jo a soudain attrapé mon cahier.

– Dis donc, qu'est-ce que c'est que ÇA ?!

Elle montrait du doigt les **esquisses** que j'avais faites. Celles des TATOUAGES...

J'ai fait une moue boudeuse et j'ai récupéré mon cahier.

– C'est juste quelques petits *gribouillis*. Tu sais bien qu'à l'époque, on voulait un signe de reconnaissance et on voulait **se faire tatouer** et... Hm.

Comment dire, je me sentais vraiment bête, là. Parce qu'elles me regardaient toutes fixement d'un air **totalement bête** ! (Toutes sauf Smilla, mais elle ne comptait pas, parce qu'elle connaissait déjà ces esquisses, bien sûr !)

– Je ne le dis pas volontiers, mais... Jo m'a regardée d'un air **noir**. Puis tout à coup, son visage s'est illuminé d'un large sourire. Ils sont vraiment, VRAIMENT COOL ! Pardon ?!

– Vraiment... ? Si j'avais eu un des chewing-gums de Nouca dans la bouche, je me serais certainement étranglée avec. J'essayais quand même de rester COMPLÈTEMENT décontractée. Mais en réalité une vraie TORNADE se déchaînait en moi ! Svouououscн !!!

– C'est vrai, ils sont pas mal. J'ai juste *essayé quelques trucs comme ça* et...

– Mais malgré tout, on ne peut pas se faire tatouer, a dit Jo de nouveau plus sobrement, **brisant ainsi mon** élan. *Ouille*. Ce n'est autorisé qu'À PARTIR DE DIX-HUIT ANS. Sauf si tes parents l'autorisent.

Mes parents ? Jamais de la vie ils n'autoriseraient que je me fasse tatouer. Ils préféreraient encore m'autoriser

- à vendre un de mes frères **sur eBay**.
- à me raser la tête et à en tricoter un PULL pour papa.
- à épouser Strounz-le-monstre-des-maths. (Iiiiiiie-eeeeh !!!)
- à émigrer en OUZBÉKISTAN pour vivre dans une grotte et garder des moutons unijambistes.

Ce qui montre, une fois de plus, que mes parents n'y connaissent absolument rien, aux choses qui sont **VRAIMENT IMPORTANTES** pour une fille de douze ans ! Comme par exemple :

- un cheval à soi
- un portable à soi
- un iPhone à soi
- ET : un tatouage de Sœurs de Cœur !!!

– Franchement, nos parents n'ont **aucune idée de rien du tout...** a soupiré Smilla. *Mais vraiment !*

– C'est juste... a chuchoté Monti, et elle a alors remarqué que nous avions perçu les accents de tristesse dans sa voix.

– Tes parents te manquent ? ai-je demandé.

– **TU VEUX RIRE !** C'est trop cool d'être toute seule comme ça, a répondu Monti.

Mais elle nous a vu lever les YEUX au ciel, les unes après les autres et a fini par reconnaître :

– Ben. C'est vrai que parfois ils me manquent. Un peu...

– Moi, ma mère me manque terriblement. Jo s'est effrayée elle-même, quand elle a remarqué que **C'ÉTAIT ELLE** qui venait de parler.

Nouca a tâté le terrain prudemment.

– Est-ce qu'elle... ?

– Je ne veux PAS en parler ! a soufflé Jo rapidement en nous regardant d'un air **très sombre**. Mais ensuite, ça a dû lui revenir à l'esprit que nous étions Sœurs de Cœur, car elle a laissé échapper d'un coup un très, très long soupir et elle a hoché la tête.

– Il y a trois ans. C'était un ACCIDENT DE LA ROUTE... *Oh non...*

– C'est pour ça que vous avez déménagé ? a demandé Smilla, mais Jo a fait non de la tête.

– Non. Nous avons emménagé ici **À CAUSE DE MA GRAND-MÈRE**. C'est la maman de papa et... faut bien avouer qu'elle est déjà plutôt vieille. Si on ne l'aidait pas, elle serait obligée d'aller en MAISON DE RETRAITE.

Alors qu'on opinait toutes de la tête *très, très tristement*, Nouca s'est levée d'un bond.

– ~~Merde!!~~! CROTTE!!! Hein ?

Jo a froncé les sourcils.

– Non, mais, elle n'y est pas encore, à l'hospice...

Mais Nouca n'écoutait plus du tout.

– AIDER! Je devais aider maman! Elle a un rendez-vous à quatre heures et je dois garder Ricky! Quelle heure est-il?

Monti a louché sur son portable.

– Quatre heures cinq...

– Zut, crotte, zut!!! a pesté Nouca en trébuchant jusqu'à l'ascenseur.

– Vous n'avez pas de baby-sitter? lui a crié Jo alors qu'elle s'éloignait.

Smilla s'est mise à rigoler sous cape et a jeté un coup d'œil dans ma direction.

– C'est une très, très mauvaise question...

J'ai souri comme quelqu'un qui souffre le martyre. Grmpf.

Et pendant que Nouca se hâtait de rentrer chez elle, j'ai raconté toute l'histoire aux autres.

Monti et Jo ont trouvé cela MÉGA-DRÔLE, naturellement. En tout cas, l'histoire de la BARBE. Mais pas ce qui concernait mes frères !

– Quelle MALCHANCE ! T'as franchement PAS TIRÉ LE BON NUMÉRO, a dit Jo pour clarifier la situation. Carrément **trois frères d'un coup** !

– Et *même pas* une chambre à toi ! a rajouté Monti en secouant les mains en l'air, d'un air choqué, comme si c'était VRAIMENT VRAIMENT INIMAGINABLE.

– C'est pour ça, aussi, que j'ai créé les Sœurs de Cœur ! Parce qu'aucune fille dans ce vaste monde ne devrait avoir à supporter l'injustice de ne pas avoir de sœur !

Les autres ont hoché la tête avec reconnaissance et même Angela Merkel avait l'air de m'approuver, car à ce moment-là, elle a laissé tomber un **ULTRA-MÉGA-BON-GROS** crottin. Boum.

– Je propose qu'on aille chez moi pour réfléchir à la façon dont on va *soit* régler le problème du PONEY

NAIN *soit* jouer un sale tour aux Amigos ! a dit Smilla en souriant. Ou bien, ce qui serait encore mieux, les deux à la fois !

~~CHAPITRE~~ 18

La grande trahison

Sur le chemin du retour, sans trop savoir pourquoi, j'ai eu tout le temps la banane. Malgré nos nombreuses différences, on sentait bien que cette HISTOIRE DE SŒURS fonctionnait pour de vrai. Yay !

Évidemment, Monti était toujours aussi ~~complètement~~ **pimbêche**, Nouca un peu **costaude**, et le **regard noir** de Jo me faisait ~~trop souvent~~ parfois vraiment flipper... Mais ça faisait quand même ~~vachement du bien~~ *hyper méga top du bien, à en rugir,* de savoir que maintenant j'avais derrière moi QUATRE SŒURS ! Hourra !

Malheureusement, ce qui m'attendait d'abord, à la maison, c'était ~~le vieux chaos habituel~~ l'ENFER DES FRÈRES ! ! !

Néo et Luke avaient de nouveau préparé de la BAVE D'AMIGOS ! Mais ce n'était même pas le pire encore ! Non, ils ne s'étaient pas installés n'importe où, pour préparer leur bave, mais DANS MON LIT ! ! ! Beurk!!!

– **Vous avez une case en moins?** ai-je crié en essayant de gratter les traces de crachat pour les faire partir de ma housse de couette préférée. La question était un peu bête évidemment, puisque je savais TRÈS EXACTEMENT que mes frères n'avaient **pas une seule case** dans le cerveau! Même pas une toute petite, toute minuscule! *Non rien, que dalle, pas une miette de jugeote!*

À défaut, ils rigolaient maintenant comme s'ils avaient avalé de la POUDRE À GRATTER et ils bondissaient à travers toute la chambre comme deux singes excités.

Et là, J'EN AI EU MARRE! *Mais à un point!*

Alors, les yeux plissés, je suis allée d'un pas lourd dans la chambre de papa et maman, j'ai chopé le PIRE DES PIRES DES PARFUMS SUCRÉS ET PUANTS de maman! Celui qui sent la barbe à papa mêlée à une touche de sapin. Hiiiirk!

J'ai déboulé comme une tornade dans notre chambre et j'ai marché droit sur Luke et Néo! Bien sûr, ces deux-là savaient déjà ce qui allait se passer en me voyant arriver avec la bouteille de parfum et ils se sont mis à crier de façon COMPLÈTEMENT HYSTÉRIQUE!

– Prenez ça, espèce de CERVELLES BAVEUSES!!! ai-je hurlé en les aspergeant **froidement** d'un nuage de parfum. Mes deux frères ~~complètement barjos~~ à l'intelligence inférieure ont d'abord sauté par-dessus mon bureau, puis ils ont ensuite renversé la **bibliothèque**, avant de se précipiter vers la porte de la chambre – DANS UN ÉNORME BRUIT, ils ont alors trébuché et se sont COGNÉS CONTRE PAPA, À FOND LES BALLONS ! Boing!!!

Papa en a perdu l'équilibre. Il a **D'ABORD** percuté l'armoire à vêtements, **PUIS** le sol. Et, bêtement, sa culotte de cuir super méga serrée - son costume pour le film ! - a craqué...

En plus, elle s'est déchirée SUR TOUTE LA LONGUEUR DE SON POSTÉRIEUR ! Raaaaaaah!

Luke et Néo se doutaient bien que ça allait vraiment tourner en grosse embrouille, et ils m'ont montrée du doigt en pleurnichant.

– Bonnie nous a pourchassés *avec le parfum de maman* ! ! On n'y peut RIEN ! ! ! Ben, *voyons*...

Bêtement, les preuves semblaient parler contre moi.

Car j'avais encore le parfum à la main...

Et comme maman ne voyait **pas du tout** d'un bon œil que je farfouille dans ses affaires sans lui demander, et comme papa ne voyait **pas du tout** d'un bon œil l'explosion de sa culotte de cuir, c'est naturellement MOI, une fois de plus, qui me suis prise TOUTE L'ENGUEULADE ! C'est vraiment trop injuste !

Or là, je n'étais **vraiment** ABSOLUMENT PAS responsable de tout ça !

C'est quand même ces idiots de petits singes qui avaient couvert mon lit de bave VISQUEUSE et dégoûtante... Grmpf.

Par-dessus le marché, dans le couloir, notre TÉLÉPHONE frappadingue accroché au mur a commencé à sonner, mais personne n'avait ~~envie~~ le temps de décrocher. Ma mère était trop occupée À ME PASSER UN SAVON :

– Pour ta peine, Bonnie, tu vas faire la VAISSELLE pendant une semaine !!!

Comme je savais qu'on avait vraiment un TRÈS BON lave-vaisselle, je me suis contentée de sourire et j'ai dit :

– *Si ça vous fait plaisir...*

Mais l'envie de sourire m'a vite passé quand, l'instant d'après, ma mère est partie dans la cuisine d'un pas décidé et a débranché une prise, de façon très **DÉMONSTRATIVE**. Et c'était celle... du LAVE-VAISSELLE ! Ouah, la vache !!!

Et ça, quand même, ça m'a mise de nouveau en colère! Tellement en colère, que cette fois, c'est **MOI** qui ai martelé le sol d'un pas décidé – et je suis partie EN LIGNE DIRECTE vers la porte de l'appartement!

La porte s'est refermée derrière moi dans un **très, très violent claquement, aussi puissant qu'une fusée qui décolle**! Boum!!!

Là, je leur avais montré!

J'avais juste oublié de mettre mes chaussures. C'est ballot... Grmpf.

Je me suis alors retrouvée à descendre en sautillant, en chaussettes, dans la cage d'escalier. Je pouvais peut-être aller chez Smilla...? Là-bas, il y avait très certainement ~~de la pizza et du chocolat~~ PAS DE GOULASCH DE CHEVAL, mais à la place, une **bonne séance-télé**. Oh oui!

Mais je ne suis même pas arrivée jusque chez Smilla... Car, une fois en bas de l'escalier, j'avais à peine ouvert la porte, que quelqu'un s'est arrêté à quelques centimètres de mes pieds sans chaussures, en freinant avec des roues de vélos qui crissaient.

Et ce quelqu'un, c'était: JO!

– **Qu'est-ce que tu fais ici?!**

– On a essayé de t'appeler ! a soufflé Jo en en agitant un portable de la main. Mais personne ne décroche chez vous ! Waouh - donc Jo aussi avait son propre portable !

L'instant d'après, Smilla aussi est arrivée hors d'haleine et elle a arrêté son vélo derrière celui de Jo.

– NIVEAU D'ALERTE ROUGE TOMATE ! a-t-elle dit en cherchant à retrouver son souffle. Nous devons vite passer chez Nouca, puis aller **sauver Monti !** La meilleure solution, c'est que tu sautes sur le porte-bagages, derrière Jo !

J'y comprenais que dalle. Sauver Monti ?

Mais comme Jo me regardait d'un air super-sombre, je me suis vite assise à l'arrière de son vélo et me suis accrochée à son dos.

Pendant que Jo dévalait EN TROMBE la rue, j'ai continué à me renseigner.

– Il y a une heure, Monti allait encore très bien...

Jo commençait à haleter.

– Il y a une heure, LA POLICE n'avait pas encore sonné chez elle !

– **La police ?** Je me suis presque étranglée avec le vent, à la vitesse où on allait. Qu'est-ce que la police lui veut ?

– Des conseils de maquillage, bien sûr ! Joana peinait et gémissait et je pouvais quasiment la SENTIR lever les yeux au ciel. On ne sait pas trop comment, mais ils ont eu vent **de la présence du poney en haut sur sa terrasse !** Oh, ~~merde~~ crotte !!!

– Mais… mais… ce n'est pas possible !

– Mais c'est comme ça, a craché Jo. Monti nous a laissé un appel d'urgence ! Comme quoi, ils conduisent Angela Merkel dans un refuge et emmènent Monti avec eux au POSTE DE POLICE !

L'instant d'après, elle a freiné si fort devant la porte de l'immeuble de Nouca que j'en ai presque volé du porte-bagages.

Très, très vite, on s'est précipitées à la porte et on a sonné comme des sourds chez la famille LEIPOLT ! Ding dong ding dong ding dong !!!

Ça a duré au moins une ~~demi~~ ÉTERNITÉ ENTIÈRE avant qu'on entende enfin la vibration de l'interphone. Avec précipitation, on a fait irruption dans la cage d'escalier et on est parties à l'attaque du deuxième étage.

Nouca était super troublée de nous voir là. Elle avait le petit Ricky dans les bras et il faisait de nouveau ce qu'il savait vraiment faire le mieux du monde : CRIER !

– **Tu dois venir avec nous!!!** a braillé Jo pour passer par-dessus le bruit et elle s'est imposée dans l'appartement en passant devant Nouca. NOUS DEVONS VENIR EN AIDE À MONTI!

– Mais je... je ne peux pas, a bégayé Nouca ~~totalement~~ un peu troublée. Je dois **m'occuper de Ricky** et...

Smilla a redressé ses lunettes d'un air ULTRA-PROFESSORAL.

– Une Sœur de Cœur en situation de détresse, Nouca! Il faut savoir mettre des PRIORITÉS! Nous prenons tout simplement Ricky avec nous!

Nouca allait se mettre à protester, mais Smilla a hoché la tête en direction de Jo, qui a cueilli une **poignée de couches** sur la commode et une ÉCHARPE DE PORTAGE pour bébé. Smilla a attrapé le biberon qui était posé sur le placard à chaussures dans le couloir et j'ai ramassé par terre le SAC-NUAGE que Nouca avait déjà avec elle lors de la sortie scolaire. Car il était **tellement hyper méga-grand** qu'on pouvait TOUT y fourrer SANS PROBLÈME! Oui, M'dame!

Malheureusement, il n'était pas seulement GRAND, mais aussi **assez plein**... Et comme là, on n'avait ~~pas beaucoup~~ ABSOLUMENT PAS DE TEMPS à perdre, j'ai juste retourné le sac vite fait et j'ai secoué son contenu sur le sol ! Et *zou* !

Nouca a écarquillé **les yeux, effrayée,** et elle voulait crier quelque chose, mais il était déjà trop tard.

Parce qu'on est en effet soudainement toutes devenues COMPLÈTEMENT SILENCIEUSES quand on a vu ce qui sortait du sac et tombait sur le sol.

– C'est... c'est la robe scintillante de Monti, ai-je balbutié. Et là, c'est **mon T-shirt !**

Mais ce n'était pas les seules choses, non. Dans le couloir de chez Nouca s'étalaient maintenant **TOUTES NOS FRINGUES !**

Du moins, toutes CELLES que nous portions le jour de l'excursion !

Ces fringues, celles-là même que les AMIGOS nous avaient volées !!! *Ou bien peut-être pas... ?*

Smilla, Jo et moi, on dévisageait Nouca, **sidérées**. Même Ricky a dû remarquer qu'il y avait quelque chose qui clochait vraiment, car tout à coup, il s'est complètement arrêté de crier.

Smilla a ramassé son T-shirt froissé.

– C'était TOI... ?

On n'arrivait pas du tout à comprendre.

Sans voix, on regardait Nouca. À son air, on aurait dit qu'elle aurait préféré sur-le-champ avaler de travers un **PAQUET ENTIER DE CHEWING-GUMS**. Ou une tarte à la crème !

– Je … Je peux vous l'expliquer.

Jo a encore plus plissé ses yeux, on ne voyait plus que de très, très étroites fentes.

– Ah oui ? Et COMMENT veux-tu donc nous expliquer cela ? Tu nous as menti ! Tu nous as fait croire que les AMIGOS avaient volé nos vêtements ! C'est la seule raison, en fait, pour laquelle j'ai rejoint votre TRUC DE SŒURS !!!

– JUSTEMENT ! lui a crié Nouca. C'est exactement pour cela que je l'ai fait ! Hein ? !

Nous n'avions pas la moindre idée de ce dont Nouca nous parlait.

Elle s'est raclé la gorge nerveusement et elle a mordillé sa lèvre inférieure.

– Ben oui, vous ne vouliez pas en faire partie. Vous vouliez simplement renoncer. Mais moi… je voulais absolument que les SŒURS DE CŒUR, ça fonctionne. Et c'est pour ça que j'ai pensé… que si **seulement** vous étiez toutes **assez remontées** contre les AMIGOS, alors… alors ça pourrait peut-être marcher quand même. C'est que j'ai **d'urgence besoin d'une sœur**. Et vous… vous aussi, vous avez tout de même besoin de nous… non ?

Jo, décontenancée, a enlevé le bonnet de sa tête.

– ***Je n'ai besoin de personne qui me mente*!** Elle a inspiré bruyamment. D'où est-ce que je peux savoir que TU n'as pas AUSSI trahi MONTI ?

Nouca a haussé les épaules, irritée.

– Qu'est-ce qui se passe avec Monti ?

J'ai soupiré.

– Quelqu'un a balancé qu'Angela Merkel était chez Monti. La police s'est rendue chez elle…

– C'est pas moi ! Nouca a secoué la tête, en panique. J'ai rien cafté, là-dessus, vous devez me croire !

Jo a ramassé ses fringues sur le sol.

– Et pourquoi est-ce qu'on devrait te croire ? Tu nous as **déjà menti une fois !!!** Mais vraiment !

Smilla a regardé Nouca avec gravité.

– Tu as brisé le serment, Nouca. Tu as dérogé au Code d'honneur des SICRET SISTEURS !

Je l'ai dévisagée d'un air déçu.

– Tu sais ce que cela signifie, non ?

– Je… je voulais juste que ça fonctionne ! Vous…vous ne pouvez pas me flanquer dehors maintenant !

– Flanquer dehors ?! Jo s'est mise à rire de façon lugubre. Non, on ne te flanque pas dehors ! Alors, elle s'est dirigée d'un pas lourd vers la porte de l'appartement et au tout dernier moment, elle s'est retournée encore une fois vers nous toutes.

– **Les Sœurs de Cœur sont mortes.** OUILLE !

CHAPITRE 19

Une pour toutes, toutes pour...
Et maintenant, pour qui au fait ?!

Quand Smilla et moi, on est arrivées devant le vélo de Smilla, Jo avait déjà disparu par monts et par vaux. Flûte...

– Jo a raison. Ça ne fonctionne pas, a constaté Smilla, abattue, en s'asseyant sur sa selle.

– Ce n'est pas parce que Nouca nous a menti que le reste ne FONCTIONNE pas SUPER BIEN ! ai-je protesté.

– Fonctionne super bien ? Smilla m'a dévisagée. T'as du fromage frais devant les yeux ou quoi, Bonnie ?

→ premièrement, nous avons **piqué un cheval** et,

→ deuxièmement, Monti a été embarquée par la POLICE !

S'il y a une chose qui est claire, c'est franchement celle-là : que les SŒURS DE CŒUR, ça ne fonctionne pas !

Puis, très en colère, elle a appuyé sur ses pédales et elle a décampé sur son vélo.

Et je suis partie à mon tour, d'un pas traînant. En chaussettes... Grmpf.

Même si les Sœurs de Cœur n'existaient plus maintenant peut-être, je ne pouvais **simplement** pas **laisser Monti dans le pétrin**. Je ne suis donc pas rentrée à la maison, mais je me suis dirigée vers le commissariat du quartier.

– J'aimerais faire une déposition, pour dire que j'ai volé ANGELA MERKEL, ai-je dit à la policière qui était assise au comptoir d'accueil.

– Tu es sûre que tu ne veux pas plutôt signaler que quelqu'un t'a **volé tes chaussures** ? Elle souriait en posant son regard sur mes chaussettes sales. Hm.

J'ai fait non de la tête.

– Non. Le PONEY DU CIRQUE. C'était MOI...

– Tu as volé le poney du cirque ? L'agent a plissé le front avec étonnement.

J'ai hoché la tête.

– Mais c'était seulement parce que je voulais le sauver. C'est qu'il était battu **très, très méchamment !** Avec un bâton et tout ! Oui, pour sûr !

– Je suis désolée, a dit la policière en souriant un peu. Mais tu arrives trop tard. Une autre jeune fille a déjà avoué avoir enlevé le poney. Elle m'a fait un signe et a entrebâillé une porte.

Dans le fond, MONTI était assise à une table.

Elle avait l'air *assez* fatiguée, mais quand elle m'a aperçue, ses YEUX se sont mis à lancer des éclairs. Alors elle m'a rapidement fait un signe et a fermé la bouche de façon **tout à fait, tout à fait claire. Il fallait que je la ferme ?**

La policière a refermé la porte.

J'ai réfléchi brièvement en me demandant si je devais écouter Monti, mais... je ne pouvais simplement pas faire autrement. Une pour toutes !

– On l'a fait ENSEMBLE. Elle et moi ! ai-je dit en montrant la pièce dans laquelle était assise Monti.

La policière s'est agenouillée devant moi.

– C'est TRÈS GENTIL de vouloir sortir ton amie de cette mauvaise passe. Mais elle a déjà DÉCLARÉ au PROCÈS-VERBAL l'avoir fait TOUTE SEULE ! Pardon ? !

Monti avait pris toute la faute sur elle et elle avait déclaré avoir *volé Angela Merkel, seule* ?

La policière m'a souri.

– Ne t'inquiète pas, il ne va rien lui arriver. Nous attendons encore sa MÈRE qui est en ce moment dans l'avion. Et ensuite, on laissera sortir ton amie d'ici. Et toi, tu devrais aussi rentrer à la maison maintenant ! Tes parents se font certainement **déjà du souci**...

J'ai hésité un instant encore, puis j'ai acquiescé.

Dans l'embrasure de la porte, je me suis retournée encore une fois vers l'agent.

– Monti n'est pas mon amie, ai-je dit sérieusement. C'est ma SŒUR. Oh oui.

Et puis je suis rentrée à la maison.

Le lendemain matin, Monti n'est pas venue en cours.

Nouca n'arrêtait pas de nous regarder à la dérobée, Smilla et moi, mais je me contentais de secouer la tête. Et Smilla **ne prenait même pas la peine** de regarder dans notre direction...

À la récré, on a croisé Jo. Mais quand on lui a demandé comment elle allait, elle a juste sifflé « BARREZ-VOUS ! » avant de disparaître. Et ZOU !

Smilla et moi, on est allées **derrière le mur du garage à vélos** et j'ai raconté à Smilla ce qui s'était passé hier soir au commissariat.

– Monti a pris TOUTE LA FAUTE sur elle ? D'une certaine manière, Smilla avait, comme moi, beaucoup de mal à le croire.

J'ai hoché la tête.

– Une pour toutes, toutes pour...

– **Oublie ça, Bonnie !** m'a interrompue Smilla d'une voix ~~un peu~~ assez énervée. Si Monti savait ce que Nouca a fait, elle nous aurait BALANCÉES, C'EST SÛR ! Elle va enterrer les Sœurs de Cœur, exactement comme...

Oui, Smilla avait probablement raison. Crotte alors...

Mais que désormais Monti soit la seule à avoir des ennuis, c'était quand même ~~un peu~~ **vraiment monstrueusement** injuste !

– Après les cours, je vais lui rendre visite.

– À qui ? Smilla m'a regardé d'un air irrité.

– *La Reine de la Nuit*, ai-je dit en secouant la tête d'un air sceptique. MONTI évidemment ! Tu viendras avec moi ?

Smilla a d'abord soupiré, puis elle a hoché la tête. Ha !

Malheureusement, on ne pouvait pas aller chez Monti avec nos vélos. Ils se trouvaient, certes, dans la cour de l'école, mais les selles étaient TOTALEMENT RECOUVERTES de bave visqueuse SUPRA-DÉGOÛTANTE ! Ouark !!!

C'était les AMIGOS qui avaient fait le coup, naturellement, il n'y avait **aucun doute !**

Smilla s'est mise à grommeler dans sa barbe, et je me suis mise à grommeler dans ma barbe. Mais ce qui nous faisait le plus grommeler, ce n'était pas que les gars nous aient, une fois de plus, **fait une crasse**, mais que les SŒURS DE CŒUR n'aient pas réussi à leur tirer les oreilles, quel échec !

Non, plus grave encore : les Sœurs de Cœur avaient échoué SUR TOUTE LA LIGNE. Elles étaient complètement à **côté de la plaque !** Et vraiment à côté !

Monti, en tout cas, était ~~assez contente~~ trop folle de joie quand on a sonné à sa porte.

– Venez vite dans ma chambre ! MAM' est en train de téléphoner avec DAAAAAADDY, ça veut dire qu'on a un peu de temps avant qu'elle ne revienne et ne se mette à **râler sur tout et sur rien**. Hi, hi !

Smilla et moi, on a suivi Monti dans sa chambre.

– Tu as eu beaucoup d'ennuis ? ai-je demandé prudemment.

– De MÉGA-GROS ennuis, a répondu Monti en souriant comme s'il n'y avait rien de mieux au monde !

De toute évidence, elle a remarqué que Smilla et moi, on la dévisageait de façon ~~vraiment terriblement~~ quelque peu irritée, car elle s'est mise, sur-le-champ, à raconter la suite :

– Ma mère et moi, on s'est disputées SUPER FORT ! Mais à la fin, elle a reconnu que tout cela n'avait pu se produire que parce qu'ils me laissent **BEAUCOUP TROP SOUVENT SEULE** !

Monti rayonnait comme la boule à facettes accrochée au plafond de sa chambre ! Bling, bling.

Puis elle a pris un air grave et a fait la grimace.

– Mais il y a encore **un hic** dans cette histoire...

Smilla et moi, on a froncé les sourcils.

Monti a soupiré.

– Angela Merkel ! La police l'a retrouvée parce qu'il y avait du crottin en bas, sur le trottoir... Comment ?!

Tout à coup, je me suis décomposée ! J'ai avalé ma salive.

– Est-ce que ça veut dire que... **c'est MA faute** s'ils ont découvert la ponette ? Parce que cet après-midi-là, c'est MOI qui ai fait tomber par mégarde du fumier par-dessus la rambarde...

Je n'arrivais pas à y croire.

Monti m'a vite fait le geste de passer à autre chose.

– Mais ce n'est pas de cela dont il est question, Tête de caniche. Ce qui est important, c'est qu'ils l'ont emmenée dans un refuge !

Smilla s'est gratté le menton, prise de doutes.

– C'est quand même mieux que de retourner dans cet idiot de cirque à la noix...

Monti a soupiré.

– Si nous ne pouvons **pas prouver** qu'Angela Merkel a été battue, elle retournera chez ses propriétaires, au plus tard ce soir... QUOI ?

Ça tournait vraiment TOUJOURS DE PLUS EN PLUS MAL !

Smilla et moi, on a baissé la tête.

Mais Monti nous a donné des coups de coude.

– Hé ! Vous en faites une tête de BONBONS ACIDULÉS, là ! C'est que dalle cette histoire pour nous les Sœurs de Cœur ! Les SICRET SISTEURS vont trouver un moyen de sauver la ponette ! Tschaka !

Smilla et moi, on a échangé un regard très, très malheureux. Visiblement, Monti l'a remarqué car elle s'est accroupie par terre, avec nous.

– Qu'est-ce qui se passe ?

Alors, on lui a tout raconté.

Au sujet de Nouca.

De Jo.

Et de la fin des Sœurs de Cœur...

Monti n'a pas dit un mot pendant qu'on parlait, Smilla et moi. En fait, on s'était attendu à ce qu'elle PÈTE UN CÂBLE et traite Nouca de ROLLMOPS qui n'aurait mérité rien d'autre que la pire vengeance du monde ! ! ! Et comment !!!

Mais rien de cela n'est arrivé.

Monti est restée là **un bon moment, pensive**, puis elle a hoché la tête.

– Bon, alors. Il faudrait peut-être qu'on s'y mette.

– *S'y mettre* ? À quoi ? ai-je demandé en regardant Smilla d'un air presque émerveillé.

– Ben, à UNIR DE NOUVEAU les Sœurs de Cœur ! a dit Monti en saisissant la poignée de la porte.

Smilla a plissé le front.

– Monti, les Sœurs de Cœur... ça n'existe plus. Tu n'as pas écouté ?

Avec gravité, Monti lui a lancé un regard foudroyant.

– Si, j'ai écouté. Mais je ne l'ACCEPTE pas ! Vous avez oublié notre Code d'honneur, ou quoi ?

J'ai soupiré.

– Nouca a brisé le Code d'honneur. Elle nous a **menti et...**

– Point numéro 3 ! m'a interrompue Monti.

« *Avant que la dernière des dernières planches de salut n'ait sombré, les Sœurs de Cœur n'abandonnent jamais !!* »

– C'est le **point numéro 4**, l'a corrigée Smilla, mais elle a tout de suite refermé sa bouche quand elle a vu le regard de Monti, qui voulait, en effet, à peu près dire la chose suivante :

Est-ce que tu veux, maintenant, faire ta Madame Je-sais-tout, ou sauver notre confrérie ?

– Ce que Nouca a fait, dans le fond... ce n'était qu'**un mensonge de nécessité !** a assené Monti pour conclure. Pour nous souder les unes aux autres ! Pardon ?!

On l'a regardée, incrédules.

Monti a soupiré.

– MOI, j'aurais FRANCHEMENT UNE BONNE RAISON d'être fâchée ! Parce que j'ai dû encaisser tous les ennuis pour cette histoire avec Angela Merkel.

Elle nous a regardées et elle nous a souri.

– Mais je ne suis pas fâchée. Parce qu'en fait, c'est un SENTIMENT SACRÉMENT AGRÉABLE de trinquer pour une de ses sœurs ! Et parce que c'est même un sentiment BIEN PLUS AGRÉABLE ENCORE d'avoir une sœur, tout simplement !

Monti a saisi nos mains.

– On ne peut pas renoncer à cela, juste comme ça ! *Une pour toutes, toutes pour... ?*

– *Toi !* Smilla et moi, on avait parlé en même temps et on n'a pas pu s'empêcher de rire.

Monti avait raison dans le fond !

Il fallait qu'on s'y mette !

Et puis, on avait quand même un poney à sauver !

Et à envoyer au diable les AMIGOS !!

Parce que c'est bien comme ça que faisaient des SŒURS !!! BAM !

~~CHAPITRE~~ 20

Je ne vois que de la boue sur cet objectif

Avant de pardonner à Nouca, il nous fallait d'abord clarifier la chose avec Jo.

Son père, en tout cas, avait l'air plutôt content de nous voir débouler dans la boutique de tatouage, Monti, Smilla et moi.

– Vous ne seriez pas à la recherche de **ma petite princesse ?** a-t-il dit en nous faisant un clin d'œil.

Et naturellement, on n'a pas pu s'empêcher de rire ~~à gorge déployée~~ un peu. Parce que Jo avait à peu près autant de choses à voir avec une princesse, **qu'une salamandre du désert avec le pôle Nord**. C'est-à-dire zéro virgule que dalle !

– Malheureusement, aujourd'hui, elle est un peu de mauvaise humeur… a chuchoté PAPA-MUSCLES, le père de Jo, en nous conduisant à sa chambre. Mais peut-être que vous pourrez l'égayer un peu, sait-on jamais !

– Oui, on peut le faire, c'est sûr ! a dit Monti en lui souriant.

Mais quand elle a remarqué le regard de Jo, l'envie de sourire lui est de nouveau passée, plus vite que **la vitesse de l'éclair**.

Contrairement à son père, elle n'était pas du tout enthousiasmée de nous voir ! *Pas pour un sou !*

– J'me suis pas exprimée assez clairement ? Vous devez me LAISSER TRANQUILLE !

– Malheureusement, ça ne va pas être possible, ai-je dit et je me suis sentie ~~un peu~~ **mortellement courageuse.** Quand on a des sœurs, on ne s'en débarrasse pas si facilement, elles ne se laissent pas faire !

Le regard de Jo me jetait des étincelles.

– Mais nous ne sommes plus des sœurs ! Puisque le GIGANTESQUE CHEWING-GUM MÂCHOUILLANT nous a menti à toutes !!!

– Avec un argument pareil, tu pourrais peut-être te débarrasser d'une amie, mais avec une SŒUR, ça ne marchera pas, ça c'est sûr ! a répondu Smilla en croisant les bras sur la poitrine.

– Allez, Gothic Girl, a souri Monti. Tu ne peux quand même pas sérieusement affirmer qu'avoir une sœur ne rend pas ta vie **BIEN BIEN MEILLEURE** !

Jo a grommelé.

– Si ! Sans vous, les nounouilles, ma vie était *BIEN BIEN MEILLEURE* ! Et maintenant, vous feriez mieux de partir ! Car je viens d'apprendre à GODZILLA comment mordre ! Oh la la...

Smilla, Monti et moi, on a soupiré en se regardant.

Puis reconnaissant notre défaite, on s'est dirigées vers la porte.

En partant, mon regard est tombé sur le bureau de Jo. Mais, c'étaient bien... ? ! Et comment ! ! !

Je n'ai pas pu m'empêcher de sourire.

D'un air décidé, je me suis retournée vers Jo.

– C'était un mensonge !

– **Quoi ?** Jo me dévisageait de son regard noir.

J'ai souri.

– Tu nous as menti ! En fait, ta vie n'était pas *beaucoup beaucoup mieux* sans nous ! Sinon pourquoi est-ce que tu aurais dessiner ÇA ? J'ai attrapé la feuille de papier qui était posée sur le bureau de Jo.

De peur, les yeux de Jo se sont dilatés. Smilla et Monti, **totalement surprises**, ont, elles aussi, fixé les dessins.

– Ce sont des... ?

Bien contente, j'ai fait oui de la tête.

– Ce sont de nouvelles esquisses pour des TATOUAGES DE SŒURS DE CŒUR.

J'ai regardé Jo en souriant.

– Et c'est TOI qui les as faites ! Parce que justement, tu souhaites quand même avoir une sœur à tes côtés !

Pendant un moment, Jo m'a lancé un regard ~~franchement~~ **mortellement** méchant et elle m'a arraché le papier des mains. Puis elle a laissé tomber ses épaules et a soupiré...

Smilla, Monti et moi, on s'est approchées d'elle et on l'a prise dans nos bras.

– C'est normal de souhaiter **ne pas être seule**, l'a consolée Monti. Car ENSEMBLE, le fait d'être seule est beaucoup moins simple ! Hein ? !

Smilla a froncé les sourcils et allait pondre une de ses **formules bien sculptée, hyper-intelligente et prétentieuse**, mais je lui ai enfoncé le coude dans les côtes. Et par chance, elle l'a super bien compris et a préféré fermer tout de suite son clapet.

– Alors, qu'est-ce qu'il y a ? Je me suis appuyée légèrement contre Jo. Est-ce que tu penses qu'on peut pardonner à Nouca ?

– Il faut bien, a dit Jo et elle a souri prudemment. Après tout, c'est notre sœur ! Yes !!!

Nouca ne pouvait presque pas croire en son bonheur, quand elle nous a vues ensemble, devant sa porte. Si elle n'avait pas été si costaude, elle aurait, c'est garanti, sauté au plafond comme une balle rebondissante, tellement elle était heureuse ! Yippie !

– Mais à l'avenir, tu ne nous mens plus ! l'a menacée Jo. Car sinon, je te fais rentrer de force dans un BOCAL À CORNICHONS VRAIMENT ÉTROIT et je t'envoie au fond de l'étang, compris ?

Nouca a hoché la tête avec beaucoup de zèle et elle l'a serrée si fort dans ses bras que Jo commençait presque à manquer d'air.

– Bon, maintenant, on arrête de se réjouir, a annoncé Monti. On doit aller sauver **Angela Merkel** !

Et elle a bien raison.

Il nous faut un plan !

Un BON plan !!

Un plan qui prouverait qu'au cirque le poney était VRAIMENT maltraité !!!

Mais la seule chose qui nous venait à l'esprit, c'était malheureusement : ZÉRO VIRGULE QUE DALLE Grmpf.

– Allez, faites un effort! a dit Smilla pour essayer de nous motiver. Puis elle a dit, en désignant Monti :

– Montre-nous donc notre SELFIE de SICRET SISTEURS! Ça va certainement faire naître en nous **une super idée!**

Monti a fait la grimace.

– Sorry, mais MAM' a récupéré mon iPhone. Comme sanction, en quelque sorte. À cause de **l'histoire avec le poney...** Et parce qu'elle pense qu'une fille de douze ans ne devrait pas être sans cesse en train de regarder son portable... *Wouah* !

Ça, c'est typique des mères! Elles n'ont réellement **aucune idée de ce qu'est la vie**!

En tout cas, on comprenait toutes très très bien l'injustice qu'elle subissait! Monti *avait besoin* de son portable! Il fallait quand même qu'elle puisse rester **informée**. Rester **joignable!** Et il fallait qu'elle puisse faire des photos et des vidéos pour son compte-Instagram et...

LA VIDÉO!

Tout à coup, quelque chose d'hyper important m'est venu à l'esprit! C'ÉTAIT ÇA!!!

– Mais dis-donc, tu as tourné une **VIDÉO**! De ce Jimmy, là, ce gars ultra-méchant! Parce que tu trouvais qu'il ressemble à **Justin Bieber!**

Monti a plissé le front.

– Oui, et… ?

J'ai souri.

– Nouca t'a **bousculée** et tu es **tombée par terre** et ton portable a **atterri** sur le sol et tu l'as **ramassé** et…

Tout à coup, la lanterne de Monti s'est éclairée.

– Et la vidéo CONTINUAIT À TOURNER… ! Elle m'a regardée, rayonnante.

Jo a froncé les sourcils.

– Es-tu sûre que… ?

Monti a hoché la tête avec empressement.

– Totalement certaine ! Parce que l'objectif était **couvert de boue** et c'est pour ça que je n'ai remarqué qu'une fois arrivée à la maison, en le nettoyant, que le porta-ble tournait ENCORE. *Yay*!!!

Smilla a souri.

– Ça veut dire que nous avons une vidéo de ce Jimmy, en train de taper le PONEY ?

Monti, incertaine, a haussé les épaules.

– C'est possible. Comme je vous le disais, l'objectif était **couvert de boue**… Et je n'ai pas vu la vidéo. Mais au moins, il y a une CHANCE !

Une telle vidéo, ce serait évidemment la preuve idéale qu'Angela Merkel ne devait **en aucun cas** retourner dans ce cirque ! NOTRE PROCHAINE MISSION était donc très claire :

– On va récupérer ton portable, Monti ! D'un air décidé, j'ai mis ma main au milieu de notre cercle. Monti, Nouca, Smilla et Jo ont tout de suite repris à l'unisson :

« Une pour toutes, toutes pour toi ! »

Au début, on avait prévu de pénétrer **de nuit** dans l'appartement, en grimpant par-dessus la rambarde de la terrasse, pour aider Monti à libérer le portable des griffes de sa mère. De vraies super agents secrets !

Et puis Nouca est arrivée avec une bien bien meilleure proposition.

– Pourquoi est-ce qu'on ne demanderait pas tout simplement à la mère de Monti de nous passer le portable ? En lui expliquant que dedans, se trouve **très probablement** la preuve que Monti AVAIT ENTIÈREMENT RAISON d'enlever Angela Merkel ! Hm.

On a réfléchi pendant un moment **aux avantages et aux inconvénients** de la chose, puis on a approuvé le plan de Nouca. On avait déjà provoqué assez de chaos avec nos plans de super agents secrets...

La maman de Monti était vraiment **plutôt élégante**! Et effectivement, elle nous a attentivement écoutées pendant qu'on lui racontait notre action de sauvetage ABSOLUMENT HÉROÏQUE.

Mais quand on a eu terminé, incrédule, elle a quand même éclaté de rire...

Monti a soupiré et elle nous a chuchoté:

– *Vous voyez!* J'ai tout de suite dit qu'elle ne nous croirait pas!

Mais, intéressée, sa mère a relevé les sourcils.

– Montana a raison! **En temps normal**, je n'aurais pas cru un mot à votre histoire. *D'un autre côté:* en temps normal, **UN CHEVAL** ne se serait **PAS** retrouvé sur mon toit-terrasse...

– Poney nain, M'man, l'a corrigée Monti. Angela Merkel est un poney nain!

La maman de Monti a levé les mains au ciel, comme prise en faute.

– Oh, mille excuses ! Je ne veux **en aucun cas être injuste** avec Angela Merkel ! Puis elle s'est levée et sur ses talons hauts, elle est partie dans sa chambre.

Quelques instants plus tard, elle est revenue avec l'iPhone de Monti.

Monti avait du mal à en croire ses yeux.

– Tu... tu nous aides ?

En souriant, sa mère a croisé les bras sur la poitrine.

– À vrai dire, je crois que vous **n'avez pas du tout besoin de mon aide.** Parce que vous êtes déjà VRAIMENT DES FILLES REMARQUABLES. J'aurais aimé avoir des copines aussi chouettes autrefois...

Monti a souri, incrédule, puis elle a serré sa mère contre elle, reconnaissante.

– Nous ne sommes pas des copines, M'man ! Nous sommes des SICRET SISTEURS !

Nouca, Smilla, Jo et moi, on s'est levées d'un bond et on s'est dirigées en riant vers l'ascenseur. Monti a attrapé le portable et elle s'est dépêchée de nous rejoindre. *Vououousch* !

Pendant que l'ascenseur descendait en mugissant, on a retrouvé LA VIDÉO dans le répertoire de Monti. Certes, il y avait effectivement beaucoup beaucoup de boue sur l'objectif, mais au travers, on voyait toujours ~~un peu~~ TRÈS NETTEMENT, comment ce crétin de Jimmy tapait le poney !

– Grâce à toi, on l'a, maintenant, la **preuve idéale !** s'est réjouie Smilla. *Yes* !!!

Mais Monti s'est contentée de sourire négligemment.

– Je ne l'ai pas fait TOUTE SEULE. Le petit Rollmops, là, m'a bien aidée !

Elle a enfoncé son coude pointu dans les côtes de Nouca qui l'a poussée en retour. Malheureusement un peu trop fort.

Car Monti a valdingué **à toute vitesse** contre le mur de l'ascenseur...

– Oups, a murmuré Nouca, gênée. Le *petit Rollmops* s'exerce encore...

Jo a rigolé et a aidé Monti à se relever.

– Pas de souci, Nouca. Cette espèce d'**ampoule emplâtrée** peut encaisser ça !

Mais avant que Monti ait pu protester, déjà, la porte de l'ascenseur s'ouvrait. *À vos marques, prêtes, partez !*

Comme le vélo de Smilla et le mien se trouvaient toujours devant l'école, TOTALEMENT recouverts de BAVE VISQUEUSE, je me suis agrippée au porte-bagages de Jo et Smilla s'est collée derrière Monti.

Destination : LE REFUGE POUR ANIMAUX

À la *dernière des dernières* secondes, on a déboulé dans la cour où se trouvait Angela Merkel. En effet, la mère de ce petit singe idiot de Jimmy était **justement en train de récupérer** le poney en compagnie d'un soigneur ! Ça ne va pas se passer comme ça, pas avec nous !

– STOOOOOOPP !!! a-t-on hurlé presque d'une seule bouche à Monti, Nouca, Smilla, Jo et moi. Le poney ne peut en aucun cas retourner dans ce cirque !

J'ai sauté du porte-bagages de Jo, j'ai attrapé le portable de Monti et j'ai marché AVEC HEROÏSME en direction du soigneur.

– Et pourquoi pas, si je puis me permettre ? a lancé la mère de Jimmy **d'une voix presque un peu amusée**. *Angela Merkel* fait quand même partie de la famille ! Pah !

– Ah oui ? ai-je dit en lui mettant le portable sous le nez. Et c'est COMME ÇA, PEUT-ÊTRE, qu'on traite sa FAMILLE ?

Avec le soigneur, la mère de Jimmy a regardé la vidéo qui tremblotait sur l'écran du portable de Monti.

Le soigneur a plissé le front.

– J'vois… **une tonne de boue sur l'objectif.**

La mère de Jimmy, qui n'en croyait pas ses yeux, était scotchée à l'écran, puis soudainement son regard s'est assombri.

– Et moi, je vois quelque chose qui ne me plaît pas du tout !!! Elle me regardait et ses yeux brillaient de colère. Mon Dieu…

Monti, Nouca, Smilla et Jo sont venues se coller à moi, épaule contre épaule.

Si cette femme voulait NOUS PASSER UN SAVON pour avoir filmé son fils et enlevé son poney, elle n'avait qu'à y aller mollo ! Car nous étions des Sœurs de Cœur, aucune de nous n'était seule ! *Une pour toutes, toutes pour toi !!!*

Mais quand la mère de Jimmy s'est finalement mise à ROUSPÉTER, toute l'affaire a tourné autrement, vraiment, et c'était bien différent de ce à quoi on s'était attendues…

~~CHAPITRE~~ 21

Jimmy fait le clown

Tout à coup, on s'est rendu compte - et c'était un ~~peu fou~~ trop mortel - que la mère de Jimmy n'était pas du tout fâchée contre nous, mais contre SON FILS !

– **Tu ne perds rien pour attendre ! Ah, il va s'en souvenir celui-là !** a-t-elle hurlé en attrapant le portable de Monti. Et, comme si elle venait de se faire piquer par une tarentule, elle s'en est allée en plantant là le SOIGNEUR avec Angela Merkel...

– Euh... et maintenant, il se passe quoi, s'il vous plaît, avec ce cheval ? a marmonné le soigneur d'un air plutôt décontenancé.

– Poney nain, l'a corrigé Jo en courant derrière la mère de Jimmy avec Monti, Nouca et Smilla.

– On s'en occupera plus tard ! lui ai-je crié avant de rejoindre, moi aussi, les autres en courant. Tschaka !

La mère de Jimmy était plutôt DÉCHAÎNÉE.

Retournant d'un pas vif sur le Champ-de-Pâques, elle haletait comme une vieille locomotive à vapeur mal huilée.

À peine a-t-elle découvert son fils sur l'emplacement du cirque, qu'elle lui a collé le portable sous le nez.

– Est-ce que tu peux m'EXPLIQUER ça ?

Comme on était **toutes très curieuses** d'entendre cette explication, on s'est postées près de la mère de Jimmy en formant COMME UN MUR derrière elle.

Toutes, sauf Nouca qui, elle, est arrivée un peu plus tard. Parce qu'elle est justement un peu costaude et qu'elle a dû plusieurs fois *s'arrêter pour reprendre haleine*...

Jimmy a commencé à bafouiller.

– Je... je voulais...

Sa mère l'a regardé, les yeux brillants.

- Qui, POUR L'AMOUR DU CIEL, t'a appris **à battre un animal ?** Nous sommes **DES GENS DU CIRQUE !** Nos animaux FONT PARTIE DE NOTRE FAMILLE !

Manifestement, elle était vraiment **hyper-méga-déçue** par son fils.

Jimmy a baissé la tête. Soudainement, il ne ressemblait plus du tout à Justin Bieber, mais plutôt à **un petit**

teckel sur lequel on venait de renverser un seau d'eau. PLOUF !

– Mais je voulais seulement montrer que je peux être plus qu'un *clown simplet*...

– Tu veux dire... dans votre spectacle du cirque ? ai-je insisté.

Jimmy a hoché la tête, abattu.

– Faire le clown, je trouve cela totalement idiot ! Je veux enfin faire partie du SPECTACLE DES CHEVAUX. Et je me suis dit que... si Angela Merkel apprenait quelques tours, alors je pourrais vous convaincre de me laisser aussi monter des chevaux !

Il a laissé tomber ses épaules et il a regardé sa mère d'un air ~~assez~~ **tout penaud**.

- Je suis désolé. Vraiment...

Manifestement, il le pensait pour de vrai. Monti, Nouca, Smilla, Jo et moi, on l'a quand même regardé de façon super sceptique.

– Quand donc est-ce que quelqu'un a appris quelque chose en recevant des coups de bâton ? ai-je demandé, parce que je ne pouvais toujours pas lui pardonner, juste comme ça. Oh non !

– Quand donc est-ce qu'on a déjà résolu *un problème*, en ENLEVANT QUELQU'UN SIMPLEMENT PAR TEMPS DE BRUME AU BEAU MILIEU DE LA NUIT ? m'a rétorqué Jimmy d'un air buté.

Et malheureusement, je n'avais rien de bien malin à lui répondre. Parce qu'il avait **tout bêtement** véritablement raison... Grmpf.

– Bon alors, a fini par dire la mère de Jimmy, voici ma proposition : je nous prépare un bon CHOCOLAT CHAUD et ensuite on s'explique tous calmement.

Et, pour une fois, personne d'entre nous n'avait d'objection à faire. Surtout pas Nouca. Elle avait en effet VRAIMENT faim après ce long chemin...

La mère de Jimmy, qui s'appelait Natascha, a eu bien du mal à croire tout ce qu'on lui a alors raconté.

– Vous avez installé le poney **sur une terrasse de toit ?** a-t-elle gloussé.

– Et il n'a été découvert que parce que Bonnie a flanqué du crottin par-dessus la rambarde... a rajouté Monti.

Et là, même Jimmy n'a pas pu s'empêcher de rire.

Bien qu'il n'ait, ici et maintenant, naturellement ABSOLUMENT PAS LE DROIT de rire de quoi que ce soit. Non mais !!!

Puis Natascha est redevenue sérieuse.

– Je sais que c'est peut-être difficile à croire pour vous, mais nos ANIMAUX sont vraiment **très bien** auprès de nous !

Elle a jeté à Jimmy un regard plein de reproches.

– Quand il n'y a pas de CLOWN-EN-CHEF PERTURBÉ qui veut prouver qu'il est déjà TOUT-À-FAIT ADULTE !

Lorsqu'elle a dit cela, le visage de Jimmy est devenu **rouge comme le cul d'un babouin**.

Mais Natascha était LOIN d'en avoir fini avec Jimmy :

– Pour sa peine, je ne le laisserai PLUS JAMAIS travailler avec des chevaux ! *Oh la vache...*

Et tout à coup, j'éprouvais quelque chose qui ressemblait presque à de la pitié pour Jimmy. Parce que PLUS JAMAIS, ça fait quand même un temps sacrément long. Surtout quand, en fait, on a déjà reconnu son erreur. Mais les mères ne comprennent tout simplement ~~pas très bien~~ pas du tout cela... *Soupir.*

Ce sentiment était visiblement partagé par les autres Sœurs de Cœur. Car Nouca s'en est alors mêlée :

– Jimmy a commis une très, très grave erreur, oui. Mais cela arrive **à tout le monde un jour**, non... ?

– Peut-être que vous devriez le croire capable de faire plus de choses, a suggéré Smilla. Il ne peut pas toujours rester LE CLOWN SIMPLET !

Et on était toutes d'accord. Ben oui, bien sûr !

C'est vraiment toujours la même chose avec les PARENTS ! Ils veulent qu'on :

- sorte les **poubelles,**
- prenne des **responsabilités,**
- et qu'on fasse la **vaisselle.**

Mais dès qu'il est question des choses vraiment importantes, ils ne nous croient plus capables de RIEN, VIRGULE, RIEN DU TOUT. C'est trop bête !

Les yeux de Jimmy, en tout cas, se sont **emplis d'espoir** et se sont mis à scintiller tout à coup.

– Tu sais maman, ça fait longtemps déjà que je ne veux plus être clown. Je veux travailler avec les CHEVAUX ! Et je le promets aussi : je n'utiliserai plus jamais un bâton pour le faire !

Natascha a observé son fils, pensive. Puis elle a soupiré.

– Bon d'accord. Je vais en parler avec *ton* père.

Jimmy était rayonnant, et bien qu'on ait été, jusqu'il y a peu de temps encore, très, TRÈS FÂCHÉES contre lui, on s'est alors réjouies un ~~minuscule~~ tout petit peu avec lui ! *Yay* !

Mais Natascha a regardé son fils d'un air sévère.

– Ne te réjouis pas trop tôt, MON AMI ! Dans un premier temps, il va falloir te **racheter** pour ce que tu as fait à notre Angela ! Elle a pris sa respiration et elle a souri. Trois semaines **À PELLETER LE FUMIER DE CHEVAL !**

Jimmy a ouvert de grands yeux et il voulait protester, mais le regard de sa mère était si sombre, qu'il a préféré laisser tomber tout de suite.

Pelleter du fumier de cheval ? Pouark !

Et tout à coup, j'étais presque un peu contente de n'avoir, MOI, comme punition, que **la vaisselle à laver** ! (Bien que ce soit, naturellement, tout de même encore totalement, TOTALEMENT INJUSTE !)

Et c'est ainsi que je n'ai pas eu mon propre cheval. Et PAS DE PONEY NAIN non plus. *Dommage, dommage, y' a plus d' fromage...*

En effet, avec Jimmy, on a reconduit Angela Merkel au cirque.

Le poney nain a fait encore pas mal de chichis avant de se laisser conduire par Jimmy, mais c'était bien normal POUR UNE LADY qui n'avait pas été traitée correctement. Girl Power ! Nananère !

Quoi qu'il en soit, Jimmy n'était pas aussi terrible que ce qu'on avait pensé. Au moins, il était moins grave que ces IDIOTS COMPLETS D'AMIGOS.

Naturellement, Monti n'a pas pu s'empêcher, de nouveau, d'**exagérer totalement**. Elle n'a fait que rire sous cape, tout le temps, en répétant combien Jimmy était miiiiiiiignon et qu'il ressemblait trooooop à Justin Bieber ! Bla, bla, bla, bla-bamba !

Trop mignon, en tout cas, je trouvais ça ~~un peu~~ monstrueusement exagéré.

Mais au moins, il était très sympa...

Car il nous a autorisées à nous occuper d'Angela Merkel pendant tout le temps où le cirque resterait encore sur le Champ-de-Pâques ! Et bien sûr, j'ai trouvé ça quand même ~~hyper-méga-top-cool~~ un peu cool...

Par ailleurs, sa mère l'autorisait enfin à s'entraîner sur un des chevaux – et NOUS, on avait le droit de l'aider à le faire ! YOUPIIII !!!

Certes, ce n'était toujours pas la même chose que d'avoir son PROPRE CHEVAL, mais c'était au moins une ~~très grande~~ petite consolation.

Et puis, il y a même eu **mieux encore**! Car lorsque nous avons parlé des AMIGOS à Jimmy, il a eu une SUPER BONNE IDÉE pour jouer enfin un mauvais tour aux gars. Ha!

~~CHAPITRE~~ 22

R.E.V.A.N.C.H.E sur les Amigos !!!

Dimanche avait lieu la GRANDE FINALE DE FOOT et les Amigos étaient vraiment excités ! Mais ils étaient aussi hyper, HYPER convaincus qu'ils allaient gagner.

Il y a franchement ~~quelques trucs~~ d'innombrables trucs que nous, les filles, on ne devrait JAMAIS copier sur les gars.

Comme par exemple :

- porter pendant quatre semaines **la même tenue de sport** ! Alarme puanteur !!!
- d'abord, se gratter les FESSES sans éprouver aucune gêne, et dans la foulée, enlever une miette au coin de sa bouche ! Beurk !!!
- **faire pipi** debout (J'ai essayé, malheureusement, ça part à côté - mais chuuut !!!)

Par contre, il y a quelques trucs dont on pourrait **tout à fait** s'inspirer en les regardant, et c'est de…

- **se serrer les coudes** encore et toujours.
- réussir à se rabibocher beaucoup plus rapidement après une dispute.
- **croire** fermement qu'on va **gagner toujours, toujours, TOUJOURS**, au lieu de partir du principe que ça va être vraisemblablement ~~plutôt~~ très difficile...

Les Amigos croyaient en tout cas DUR COMME FER qu'ils allaient gagner.

Luke, Néo et Vito étaient donc d'**excellente humeur**, le dimanche matin, à la table du petit déjeuner. Les gars s'enfilaient de grosses tartines au Nutella les unes après les autres, pendant que papa mordillait toujours tristement une carotte flétrie et que maman me dévisageait d'un air TRÈS soupçonneux. Car je restais juste assise là, à RICANER ! Hi, hi !

Parce que je savais TRÈS EXACTEMENT ce qui allait se passer aujourd'hui.

Alors que mes frères, non.

– Tu es **vraiment de très bonne humeur**, Bonnie. Est-ce qu'il y a quelque chose que l'on devrait savoir ?

C'est *typiquement ma mère* ! À peine est-on de bonne humeur qu'elle flaire déjà la FIN DU MONDE... Tss !

– Rien d'important, ai-je menti tranquillou, en continuant à sourire.

Tout à coup, mon idiot de frère jumeau s'en est mêlé :

– Bonnie est AMOUREUSE ! Du petit clown du cirque ! Quoi ? !

Il avait une **latte en moins dans sa barrière, ou quoi ?!!**

J'étais de nouveau à deux doigts de péter TOTALEMENT les plombs, mais je me suis souvenue que les gars allaient enfin payer L'ADDITION pour TOUT ÇA, et **aujourd'hui même** ! Je me suis donc contentée de secouer la tête avec nonchalance.

– Néo est malheureusement TOUT À FAIT mal informé, là. Jimmy ne m'intéresse pas. Si je suis souvent avec les gens du cirque, c'est parce qu'ils ont *ces poneys super-mignons*. Et parce que VOUS ne voulez **pas** m'acheter **mon propre cheval**...

Et ce sujet a vite disparu de la conversation. Hé, hé !

Grâce au planning d'entraînement qui était accroché chez nous sur la porte du frigo, on savait que le DÉROULEMENT de la matinée pour les Amigos devait être le suivant.

* 10h30 : Rendez-vous devant les vestiaires.
* 10h35 : Mise au point de la stratégie avec l'entraîneur Axel Sueur. (Je vous promets qu'il s'appelle VRAIMENT comme ça !!!)
* 10h40 : Axel Sueur ouvre le vestiaire aux gars et les Amigos se changent.
* 10h55 : Installation sur le terrain de foot.
* 11h00 : Coup d'envoi !

– C'est vachement serré comme timing... a fait remarquer Smilla, mais nous, les autres, on **a juste ricané**.

– Ça va marcher, à coup sûr, on n'a besoin que de quelques minutes ! lui ai-je dit pour lui donner du courage et les autres ont acquiescé.

Puis, on a regardé Jimmy.

– Es-tu certain de vouloir nous AIDER ? Les Amigos ne t'ont rien fait après tout. Et ensuite, ils seront SUPER FÂCHÉS après toi !

Jimmy a souri.

– Je vous dois bien ça, en quelque sorte. D'ailleurs, quand le cirque repartira la semaine prochaine, de toute façon, je ne reverrai plus leurs CABOCHES DE

MABOULES. Ils pourront être aussi fâchés qu'ils voudront...

Et il avait de nouveau raison. Mais pas qu'un peu !

Donc le plan était prêt !

Dur comme fer !!

Avant de prendre le chemin du terrain de foot, on a posé nos mains les unes sur les autres. On allait prononcer notre devise quand Nouca a eu une idée :

– Jimmy devrait aussi le faire avec nous.

Monti a froncé les sourcils et elle a chuchoté d'un air irrité :

– Mais... lui, ce n'est pas une Sœur de Cœur ! C'est un garçon !

– Et qui te dit qu'un garçon n'a pas besoin d'une sœur ? a dit Jo d'un air effronté et elle a fait signe à Jimmy de venir rejoindre notre cercle.

– Une pour toutes, toutes pour TOI !

Et là, elle avait TOTALEMENT raison ! Oh oui !

Tout autour du terrain régnait déjà une **grande agitation.**

L'équipe adverse avait emmené dans son sillage DEUX BUS ENTIERS de fans et les Amigos apportaient, eux aussi, une tripotée de ~~footeux idiots~~ de supporters.

C'était une **journée d'été assez chaude.** Pfiou...

Nous, les SICRET SISTEURS, on était donc plutôt TRÈS CONTENTES de pouvoir se cacher encore un bon moment dans les buissons ombragés à côté des vestiaires. De là, on pouvait aussi **super bien** observer ce que faisaient les Amigos.

Quand l'entraîneur a enfin ouvert le vestiaire, à 10h40 exactement, et que les Amigos s'y sont engouffrés avec leurs ~~stupides~~ sacs de sport puants, Jimmy a pris une PROFONDE respiration.

– Vous êtes prêtes, les filles ?

– **Et pas qu'un peu** prêtes ! ai-je dit et les autres ont hoché de la tête en ricanant.

Et c'était parti ! Yay !

PLUS-RAPIDE-QUE-L'ÉCLAIR, Jimmy a vérifié une dernière fois que l'entraîneur avait bien RÉELLEMENT disparu - et il est entré **dare-dare** dans le vestiaire.

Nous, les Sœurs de Cœur, on savait bien sûr exactement ce qui s'y passerait alors :

1. Jimmy rentrerait en sautillant nerveusement dans le vestiaire.

2. Et demanderait aux AMIGOS de pouvoir utiliser, super, super-vite fait, les toilettes du vestiaire ! Haha!

On a encore attendu un petit instant, puis on s'est glissées en dehors des buissons **comme de vraies agents secrets.**

Prudemment, on s'est collées au mur extérieur du vestiaire et on s'est approchées de la porte. Chut !

Et l'instant d'après, on a entendu la voix toute excitée de Jimmy :

– LES GARS !!! Il y a un gigantesque SERPENT MORTEL dans les toilettes !!!

On s'est mises à ricaner. On voyait bien que Jimmy travaillait dans un cirque, car sa voix donnait VRAIMENT l'impression d'être **super-super-paniquée** et **hyper-méga-excitée** !

Les Amigos qui venaient tout juste d'enlever leur pantalon se sont mis à murmurer.

J'ai reconnu la voix de ~~cet enquiquineur de~~ Kolya :

– Un *vrai* serpent ? Ça déchire !

Puis on a entendu les Amigos se précipiter avec curiosité dans les toilettes.

Et l'instant d'après, Jimmy a refermé la porte derrière eux en poussant un banc devant. Yessss !

Le plan avait fonctionné ! On arrivait à peine à y croire nous-mêmes et c'est pour ça qu'on s'est alors dépêchées de rentrer dans le vestiaire super-méga-rapidement.

Jimmy souriait, bien content, et il se frottait les mains.

– MISSION ACCOMPLIE ! Maintenant c'est à votre tour, les filles !

Oh que oui, c'était à notre tour !

Et on s'y est mises **SUR-LE-CHAMP** !

Pendant que DANS les toilettes les AMIGOS protestaient et tambourinaient comme des sauvages contre la porte, Nouca et Smilla fourraient leurs SHORTS DE FOOT dans les sacs que nous avions apportés.

– Mettez **aussi** dedans **les pantalons** qu'ils viennent d'enlever, ce sera mieux, sinon ils seraient capables de les remettre pour aller sur le terrain ! a proposé Jo, et c'était EFFECTIVEMENT une proposition sacrément futée !

Pendant ce temps-là, Monti nous distribuait ses rouges à lèvres, à Jo et à moi. Et à trois, on s'est emparées des maillots de foot bien blancs des Amigos. Gniarkgniarkgniark !

– Ils vont faire l'expérience de la plus merveilleuse peur bleue de leur vie, a ricané Monti.

– Ce sera plutôt une **peur rouge!** ai-je corrigé en riant et on a commencé à barbouiller.

En à peine ~~cinq~~ trois minutes, on avait fini! *Olé olé*!

Des toilettes, les menaces des Amigos fusaient, de façon de plus en plus désordonnée:

– **Vous allez le regretter! Laissez-nous sortir immédiatement!!!**

Mais on s'est contentées de rire à gorge déployée avant de disparaître de nouveau dans les buissons...

Aux abords du terrain, la foule se pressait déjà. Mais on a quand même réussi à s'assurer une place **tout devant, près de la clôture,** parce qu'après tout, on voulait être <u>au premier rang</u> pour voir les Amigos disputer ce match si important pour eux! Hi, hi!

Quatre minutes avant le début du match, ne voyant toujours pas les gars sur le terrain, l'entraîneur a commencé à s'agiter. Il a demandé à l'ARBITRE un délai de cinq minutes et il a disparu **en direction des vestiaires**.

Ce qui se passait là-bas, on pouvait seulement se l'imaginer. *Quel drame, baby*!!!

En tout cas, **peu après onze heures**, l'entraîneur est revenu sur le terrain et a commencé à discuter TRÈS ÉNERGIQUEMENT avec l'arbitre.

Est-ce qu'il ne pouvait pas repousser le match juste un tout petit peu, le temps de se procurer de nouveaux maillots... ? Pitié, pitié, non !!!

Mais non, l'arbitre et l'entraîneur de l'équipe adverse, **montrant leur montre à plusieurs reprises**, avaient l'air de rester inflexibles.

Finalement, Axel Sueur, l'entraîneur, a laissé tomber les épaules et il a hoché la tête.

Et quelques instants après, il est revenu avec les AMIGOS...

Tout d'abord, un **MURMURE** a parcouru la foule des spectateurs, mais ensuite, les gens ont commencé à rire **AUX ÉCLATS**.

– Mais ils portent des BOXERS, a gloussé un petit garçon juste à côté de nous. Et la mère secouait la tête, n'en croyant pas ses yeux.

En effet, ce que les Amigos portaient PAR-DESSUS leurs sous-vêtements était beaucoup plus intéressant encore.

C'était leurs **maillots blancs !** Qui, à présent, n'étaient plus vraiment si blancs ! Parce que des soutien-gorges rouge vif avaient été dessinés dessus, juste à la hauteur de la poitrine. Bouh, ha, ha, haaaa !

Et ils avaient l'air **tellement ridicules** avec ça !

Et non, les AMIGOS n'étaient pas des filles !

Ils portaient ces soutifs rouge tomate sur leurs maillots parce qu'ils **en avaient après nous**, les filles ! Et ça, c'était le prix à payer pour leur acharnement ! Haaaa !

Bien que le foot ne m'intéresse pas pour un sou, ce match-là m'a procuré un immense, immense plaisir !

À vrai dire, au début, les Amigos n'étaient *pas* si enthousiastes que ça – mais à la fin, ils se sont encore réjouis, parce qu'ils ont gagné HAUT LA MAIN ! **Alors même** qu'ils portaient des soutifs et pas de pantalons !

Peut-être qu'ils avaient été un peu aidés par le fait que **l'équipe adverse** n'avait pas du tout réussi à se concentrer sur le ballon en voyant ce spectacle... ? Hi, hi, hi !

En tout cas, on était QUITTES.

Et les Amigos le savaient.

Et s'ils avaient ne serait-ce qu'un tout petit petit peu de JUGEOTTE, ils nous **laisseraient tranquilles à l'avenir**.

Mais on ne pouvait pas trop compter sur cela, MALHEUREUSEMENT. Soupir.

En tout cas, nous, les Sicret SISTEURS, on avait montré qu'on avait vraiment la pêche – même si pour y parvenir, on s'était peut-être un peu fait aider...

Mais bon, honnêtement, entre nous : oser demander de l'aide, finalement, ce n'est pas une faiblesse, mais une **VRAIE FORCE !** BAM !

Quelques jours plus tard, on a fait nos adieux à Jimmy, à sa mère et naturellement à ANGELA MERKEL. C'était désormais une petite ponette très heureuse, ça se voyait.

Quand la dernière caravane du cirque a quitté le Champ-de-Pâques, Jo s'est tout à coup étrangement raclé la gorge :

– J'ai...j'ai encore quelque chose pour vous... enfin pour NOUS, a-t-elle bégayé et elle avait l'air ~~presque un peu~~ **extrêmement** nerveuse. Puis elle a tiré de sa poche quelques chutes de papier.

Et tout à coup, j'ai compris qu'EN RÉALITÉ ce n'était **pas du tout des chutes de papiers !**

– Est-ce que ce... ce ne serait pas des... ? Incrédule, j'ai regardé Jo d'un air rayonnant.

Jo a hoché la tête, toute gênée.

– DES TATOUAGES, oui. Pour nous, les SICRET SISTEURS. Nerveusement, elle nous a dévisagées alors que nous étions sans voix.

– Bon... ce ne sont pas des vrais, évidemment, mais des tatouages éphémères, à APPLIQUER.

Et comme aucune d'entre nous ne disait toujours rien, elle a continué à expliquer :

– Mon père les a fabriqués et il pourra À TOUT MOMENT NOUS RAVITAILLER. Mais c'est seulement si vous *voulez*, on n'est pas *obligées*...

Jo n'a pas pu aller plus loin, car l'instant d'après, on s'est toutes mises à crier avec enthousiasme et on lui a sauté au cou !

– Ils sont **TEEEEELLEMENT COOL !** ai-je dit en riant.

– Désormais, on est faites pour être ensemble pour TOUJOURS ET À TOUT JAMAIS ! s'est réjouie Nouca.

Monti a froncé les sourcils.

– Mouais, *pour toujours et à tout jamais*, ça fait quand même sacrément long, mais... ils sont vraiment plutôt cool !

Ensemble, on a alors posé les **CŒURS ÉPHÉMÈRES** sur nos poignets et on s'est fait AVEC DE LA BAVE notre tout premier tatouage. Yeah !!!

Beaucoup plus tard, alors que soleil touchait déjà presque l'horizon, on est rentrées chez nous, mais pas avant.

J'ai regardé le TATOUAGE SECRET sur mon poignet, et puis Nouca, Jo, Monti et Smilla.

On était toutes totalement différentes.

Et bien sûr, on n'était **pas toujours potes!**

Mais à partir de cet instant, on était officiellement SŒURS!

Et je peux vous dire une chose: de savoir ÇA, c'était un sentiment encore beaucoup, beaucoup PLUS FORT que tout ce que je m'étais jamais imaginé dans mes rêves! Bam!

(Petite notice explicative pour mes parents: le fait que j'ai maintenant une poignée de sœurs, cela ne signifie pas pour autant que je n'ai plus besoin de rien. Il me faut ENCORE ET TOUJOURS d'urgence un portable! Et une chambre à moi! ET un cheval! Basta!)

Lucy Astner est née à Hambourg en 1982. Elle aime manger du chocolat, faire du trampoline et rire à s'en décrocher la mâchoire. Et c'est justement parce qu'elle aime tant rire, qu'elle en a fait son métier et qu'elle écrit, pour le cinéma, des scénarios de films avec lesquels elle fait à son tour rire les autres. Elle habite actuellement au cœur du quartier de Eimsbüttel à Hambourg, avec ses quatre enfants et son mari – et depuis qu'elle est petite, son plus grand souhait a toujours été d'avoir une sœur ! Parce que les sœurs, ça se serre TOUJOURS les coudes ! Et bam !